Ein Earl in der Winternacht

Holly Adams

Über Holly Adams

Aus einer Zufallsbegegnung wurde die große (Schreib-)Liebe. Holly Adams ist das gemeinsame Pseudonym von einem deutsch-österreichischen Autorinnenduo, das seit mittlerweile zwei Jahren Geschichten schreibt und veröffentlicht. Schottland, die Farbe Blau und Himbeerschokolade sind nicht die einzigen Dinge, die die beiden miteinander verbinden.

»Ein Earl in der Winternacht« ist der Auftakt einer Trilogie. Alle Bände sind unabhängig voneinander lesbar.

Holly Adams

Ein Earl in der Winternacht

The Mainsfield Sisters – Band 1

Regency Romance

Dies ist eine fiktive Geschichte. Ähnlichkeiten oder mögliche Übereinstimmungen mit real existierenden Personen oder Gegebenheiten sind rein zufällig und nicht beabsichtigt.

c/o Jacqueline Droullier
Neulandweg 53, 42329 Wuppertal
www.jacqueline-droullier.de

Coverbild: www.periodimages.com

Kapitel eins

London, Dezember 1817

Von einer unvermählten Lady, die neben einer gewissen Schönheit auch einen guten Ruf zu besitzen hatte, erwartete man stets ein angenehmes Auftreten in der Öffentlichkeit. Mit einer gesunden Mischung aus Zurückhaltung, ohne ermüdend zu wirken, und Begeisterung, ohne zu viel Aufmerksamkeit auf sich zu ziehen. Nicht anders verhielt sich Lady Charlotte Mainsfield, die, abgesehen von ihrer ungewöhnlichen Leidenschaft für Orchideen, dem geschriebenen Wort sehr zugetan war, doch wenn es um das Wohl ihrer Schwestern ging, durchaus bereit war, ihre Meinung kundzutun. So saß sie auch an diesem kühlen Wintertag an dem Sekretär aus dunklem Kirschholz, um ihrer geliebten Tante Jane in Hampshire zu schreiben, als ein unangekündigter Besucher an die Eingangstür des Anwesens klopfte.

»Seine Lordschaft, der Earl of Murray, wünscht Sie zu sprechen.«

Lady Charlottes Butler Mr. Froggs neigte nicht dazu, auch nur den Hauch einer Emotion in das Gesagte zu legen, aber heute vernahm sie eine pikierte Note darin. Es war ihm nicht recht.

»Er wünscht, mich zu sprechen?«, wiederholte sie langgezogen und nahm ihre Lesebrille von der Nase. Der Brief an Tante Jane konnte warten. »Ich kann mich nicht daran erinnern, dass er sich angemeldet hat.«

Mr. Froggs rümpfte die Nase. »Das hat er auch nicht. Mir war nicht bekannt, dass er gedenkt, Sie heute aufzusuchen.«

Charlotte seufzte leise und legte die Schreibfeder beiseite. Sie strich über die filigranen Verzierungen. »Ihrem Unmut nach zu urteilen, Mr. Froggs, gehe ich davon aus, dass Seine Lordschaft auch keine Karte hiergelassen hat.«

Er räusperte sich und nahm eine straffere Haltung an, als müsste er beweisen, dass er seine Emotionen durchaus im Griff hatte. »Nein, Mylady. Er nannte auch keine genaue Uhrzeit, zu der er erscheinen wolle. Wie dem auch sei ... er wartet im Grünen Salon auf Sie und verlangt Ihr sofortiges Erscheinen.«

Das wiederum wunderte sie nicht. Lord Heath Andrews, der siebte Earl of Murray, war ein vielbeschäftigter Mann und scheute sich nicht, etwas zu *verlangen*. Zu ihrem größten Bedauern war er zudem der neue Vormund von ihr und ihren beiden Schwestern Alexandra und Ophelia. Wer hätte auch ahnen können, dass ihr Onkel auf einer Expeditionsreise verstarb und in seinem Testament bereits vorsorglich einen neuen Vormund für die drei Schwestern auserkoren hatte. Das war ungerecht, schließlich konnten sie mit den Pachten des Landsitzes, der nun auch an Lord Murray übergegangen war, durchaus überleben.

Hätten sie können, verbesserte sich Charlotte im Geiste.

Nun wagte es dieser Earl, erst sechs Monate nach Onkel James' Tod, hier aufzutauchen, ohne sich zuvor anzukündigen. Das konnte nichts Gutes bedeuten. Die Trauerzeit war letzte Woche zu Ende gegangen, sodass sich die Schwestern nicht mehr in diesem grässlichen Schwarz blicken lassen mussten und auch wieder an gesellschaftlichen Ereignissen teilnehmen durften.

»Vielen Dank, Froggs. Richten Sie der Köchin aus, sie solle doch die letzten Butterküchlein bereitstellen, ich möchte dem Lord nicht mit leeren Händen begegnen.«

»Natürlich, Mylady. Kann ich Ihnen sonst noch etwas Gutes tun?«

Sie schenkte ihm ein gequältes Lächeln. »Zu meinem Bedauern nicht. Ich werde mich nach dem Besuch in das Orchideenhaus zurückziehen, das dürfte Ablenkung genug sein.«

Er verneigte sich. »Selbstverständlich. Es wird Sie erfreuen, zu hören, dass eine neue Lieferung eingetroffen ist. Der Gärtner hat sie bereits ins Gewächshaus gebracht.«

Das war in der Tat eine Nachricht, die sie zumindest ein wenig aufheiterte. Ihre Orchideensammlung vermochte eine Freude in ihr zu entfachen, die sie sonst nur bei dem Genuss von Mrs. Giggles legendären Butterküchlein empfand. Ihre Köchin hatte ein wahres Händchen für Küchlein und Konfekt, was sich zu Charlottes Bedauern auf ihren eigenen Hüften widerspiegelte.

Sie stand auf und trat zum messingverzierten Spiegel. Sie wünschte, sie hätte sich heute nicht für dieses grässliche Sergekleid aus Wolle entschieden, das zwar durchaus bequem war, aber das Gegenüber womöglich daran erinnern könnte, einer Trauerzeremonie beizuwohnen. Sie kontrollierte jeden einzelnen Knopf und strich sich über die mit Rüschen besetzten Aufschläge. Anschließend drehte sie mit ihrem Finger eine der lockigen Strähnen ihres rotblonden Haares nach, die ihr blasses Gesicht einrahmten.

»Ich bin eine erwachsene Frau, die Schlimmeres überstanden hat als ein unangenehmes Gespräch mit einem Earl«, sagte sie ihrem Spiegelbild und straffte dabei die Schultern. Mit ihren dreiundzwanzig Jahren sollte man annehmen, dass es ihr nicht an Erfahrung mangelte, was eine Konversation mit einem Earl anbelangte. Zu ihrem Bedauern hatten allerdings auch zwei Saisons nicht viel dazu beitragen, sich in der Nähe eines einflussreichen Mannes nicht klein zu fühlen. Da Onkel James meist auf irgendwelchen Expeditionen war und sie zurückgelassen hatte, war ihre Tante mit der Aufgabe betraut worden, die drei Schwestern in die Gesellschaft einzuführen. Bei Charlotte lag es nun bereits fünf Jahre zurück und nach der zweiten desaströsen Saison, in der sie keinen einzigen Antrag erhalten hatte, war sie zu dem Entschluss gekommen, unvermählt zu bleiben. Das Schicksal schien es so vorgesehen zu haben.

»Du schaffst das, Charlotte, du schaffst das«, sprach sie ihrem Spiegelbild Mut zu, bevor sie sich umdrehte und den Raum verließ. Sie schritt die Treppe zur Eingangshalle hinab und spähte durch die glasbesetzte Eingangstür, durch die sie einen hervorragenden Blick auf die prunkvolle Kutsche hatte. Ein schwarzes Gefährt, dessen polierte Oberfläche keinen einzigen Makel aufwies. Zwei schwarze Rappen warteten geduldig, bis der Earl wiederkehren würde, tänzelten mit den Hufen auf den leicht schneebedeckten Pflastersteinen. Charlotte nahm einen letzten tiefen Atemzug, bevor sie den Grünen Salon betrat. Sie spürte, dass etwas anders war. Es war die unverkennbare Präsenz des Earls, die den Raum füllte. Der Hauch eines maskulinen Dufts, den sie wahrnahm und der ihr kurz den Atem raubte. Eine Mischung aus Moschus und Rasierwasser.

Als sie zur Sitzgruppe blickte, auf die der Earl wie selbstverständlich Platz genommen hatte, rieselte ein Schauer über ihren Rücken.

»Sie sind spät«, lautete sein einziger Kommentar, als er sie bemerkte. Er stand vermutlich nur der Höflichkeit halber auf und kam mit langen, eleganten Schritten auf sie zu. Sein pechschwarzes Haar war mit Pomade gezähmt worden, stahlgraue Augen blickten sie wachsam an, als wolle er sich einen ersten, raschen Eindruck von seinem Gegenüber machen. Seine Kinnpartie war scharfkantig, unnachgiebig. Er überragte sie um zwei Köpfe, sodass allein seine Größe ausreichen würde, um sie einzuschüchtern.

Sie zügelte ihre innere Getriebenheit und erinnerte sich an Tante Janes zahlreiche Lehrstunden, wie sie ihre scharfe Zunge mit einer gewissen Raffinesse einsetzen konnte, ohne einen Skandal auszulösen.

»Ich kann mich nicht daran erinnern, dass wir einen Termin haben, Mylord«, sagte sie kühl und streckte ihre Hand aus. Oh verflucht, sie hatte ihre Handschuhe vergessen, wie überaus peinlich. Selbst wenn er dies bemerkte, ignorierte er diesen Umstand und nahm ihre Hand in seine, bevor er einen Kuss andeutete. Seine Bewegungen waren formvollendet, er war durch und durch ein Earl. Ein Zittern ging durch sie hindurch, als sie die Wärme seiner Berührung fühlte, den leichten Luftzug seines Atems auf ihrer Haut.

»Den haben wir in der Tat. Und zwar nun. Setzen Sie sich bitte.«

Sie musste sich zusammennehmen, nicht empört nach Luft zu schnappen, ob dieser Impertinenz. Er befahl ihr in ihrem Haus ... nun ja, es war nicht ihr Haus, aber dennoch ... Platz zu nehmen. Dieses Gespräch konnte noch interessant werden. Er ließ sich auf demselben Platz wie zuvor, der eigentlich ihrer war, nieder, sodass sich Charlotte gezwungen sah, mit dem Lehnsessel Vorlieb zu nehmen. »Was verschafft mir die Ehre Ihres Besuches, Mylord?«, fragte sie betont freundlich und behielt eine aufrechte Haltung bei. Er sollte nicht erkennen, dass er sie einschüchterte. Sein Blick, seine Präsenz.

Er lehnte sich nach hinten und warf einen Blick zur Tür. Schritte erklangen, als der Butler ihnen den Tee und die Küchlein servierte.

»Vielen Dank«, murmelte Charlotte.

Der Mann verneigte sich. »Kann ich sonst noch etwas für Sie tun, Mylady?«

Charlotte entließ ihn mit einer lockeren Handbewegung, bevor sie ihrem Gegenüber Tee einschenkte. Sie verfluchte sich innerlich dafür, dass ihre Hände leicht zitterten, was er mit seinen Adleraugen sicherlich bemerkte.

»Der Grund meines Erscheinens dürfte offensichtlich sein«, kam die Antwort.

Charlotte stellte die Teekanne auf dem Silbertablett ab, bevor sie ihre Tasse in die Hand nahm und sich wieder aufrecht hinsetzte.

»Nun, dann nehme ich an, dass Sie mir mitteilen möchten, dass Sie auf die Vormundschaft verzichten?«

Es war das erste Mal, dass er ein schmales Lächeln andeutete, seit sie hier saßen. Im nächsten Moment wurde seine Miene wieder hart, als wäre sie aus Stein gemeißelt. »Nein.«

Charlotte stoppte in der Bewegung, einen Schluck Tee zu nehmen, und setzte die Tasse mit bebenden Fingern auf dem Unterteller in ihrer anderen Hand ab. »Wie überaus schade. Würden Sie mich dann freundlicherweise aufklären, weshalb sie mich sechs Monate nach dem Tod meines Onkels das erste Mal aufsuchen? Und das so kurz vor den besinnlichen Weihnachtstagen?«

Er strich mit den Fingern über sein glattrasiertes Kinn, ein beinahe amüsierter Ausdruck lag in seinen Augen, die sie an einen nahenden Gewittersturm erinnerten. »Ich wollte Ihnen in der Trauerzeit nicht zu nahe treten, deswegen habe ich gewartet. Etwas lange für meinen Geschmack, denn Sie wissen sicherlich, dass ich dafür bekannt bin, lästige Angelegenheiten schnell und schmerzlos zu klären.«

Charlotte hob eine Augenbraue und stellte die Tasse wieder auf das Tablett, bevor sie noch in Versuchung kam, den Inhalt versehentlich auf seiner Hose zu verschütten. »Da Sie mir nicht bekannt sind, Mylord, weiß ich es natürlich nicht. Gehe ich richtig in der Annahme, dass Sie mich und meine Schwestern als eine lästige Angelegenheit betrachten?«

Ob seine darauffolgende Sprachlosigkeit den harschen Worten oder dem kühlen Tonfall geschuldet waren, vermochte Charlotte nicht zu sagen. Nein, sie würde sich nicht wie ein scheues Reh verkriechen, immerhin stand ihre Zukunft und die ihrer Schwestern auf dem Spiel.

»Ich möchte Sie drei schnell verheiratet wissen«, wich er ihrer Frage aus, nachdem er seine Stimme wiedergefunden hatte. Gut, zumindest kurz hatte es ihm die Sprache verschlagen, stellte sie mit Genugtuung fest.

»Sie meinen, Sie wollen uns wie auf einer Pferdeschau verschachern«, korrigierte sie ihn. Sie wunderte sich selbst über ihren Mut, aber vermutlich war es die aufkeimende Wut in ihrem Inneren, die sie zu solch einer Kühnheit bewegte.

Etwas Bedrohliches funkelte in seinen Augen auf, schien das Grau zu verstärken. »Wie Ihnen sicherlich bekannt sein dürfte, bleibt Ihnen als unverheiratete Damen keine andere Möglichkeit als standesgemäß zu heiraten.«

Charlotte behielt ihre aufrechte Haltung bei, obgleich seine tiefe sonore Stimme sie einschüchterte. »Da muss ich Ihnen vehement widersprechen, Mylord. Wie Sie mit Sicherheit wissen, hat uns mein Onkel eine stattliche Summe hinterlassen, auf die ich zu meinem Bedauern aufgrund der Vormundschaftsregelung keinen Zugriff habe. Ich denke, es ist für beide Seiten von Vorteil, wenn wir diese leidige Sache schnellstmöglich regeln.«

Lord Murray griff nach einem Butterküchlein und beäugte es kritisch, als handelte es sich dabei um Gift. Charlotte wusste nicht, worüber sie sich mehr ärgerte: dass er sie offensichtlich ignorierte oder dass er glaubte, er würde hier von ihr vergiftet werden. Zugegeben, eine höchst unmoralische Methode, ihren neuen Vormund loszuwerden, zudem gelänge sie in höchste Erklärungsnot, weshalb der Lord mit Schaum vor seinem Mund auf ihrem Teppichboden lag. Er würde schließlich kaum ein Stück Seife gespeist haben.

Wenn sie nicht wie eine Lady erzogen worden wäre, würde sie den dreisten Kerl augenblicklich zur Rede stellen. Erst recht, als er in das Butterküchlein biss und dabei die Miene verzog, als wäre es das bitterste, das er in seinem Leben probieren musste. Dieses Mal gelang es Charlotte nicht, ihren Mund zu halten.

»Fühlen Sie sich unwohl, Mylord, oder wie darf ich Ihren gepeinigten Gesichtsausdruck deuten?«, brachte sie im halbwegs höflichen Ton über die Lippen.

Er verzog das Gesicht. »Sie sind in der Tat zu süß. Allerdings bin ich nicht hier, um mit Ihnen über Teegebäck zu debattieren.«

Der Earl legte die andere Hälfte zurück auf den kleinen Teller und lehnte sich wieder nach hinten. Charlotte fühlte heiße Wut in sich aufsteigen. Nicht nur, dass er wie selbstverständlich in ihrem Stadthaus auftauchte – wohl gemerkt, ohne sich vorher anzumelden – nein, er wagte es auch noch ihre Köchin zu diffamieren. Sie trauerte dem armen Butterküchlein nach, das nicht gewürdigt wurde.

»Oh, Sie haben allerdings recht, ich vergaß, dass Sie mit mir die Konditionen der Zuchtstuten-Vereinigung aushandeln wollten.« Sie vollführte eine elegante Handbewegung. »Bitte, fahren Sie fort und lassen Sie sich nicht von mir aufhalten, ich bin ganz Ohr, wie Sie unseren Wert einschätzen.«

Jetzt zeigte sich zumindest ein kleines bisschen Verunsicherung auf seinen starren Zügen. Er schien es nicht gewohnt zu sein, dass man derart respektlos mit ihm sprach. Das kleine Zeichen verschwand so schnell wie es gekommen war. Ein eisiger Zug legte sich auf seine Miene, seine gewittergrauen Augen fixierten sie wie ein Adler, der auf Beutefang war.

»Ich nehme an, es wird schwierig werden, einen Ehemann für Sie zu finden, aber schwierig bedeutet nicht unmöglich.«

Sie fasste es als eine Kampfansage auf. Als sei er der gottverdammte Grieche, der vor den trojanischen Toren lauerte. »Wir werden sehen, Mylord. Ich hege keine Absichten, zu heiraten und werde nicht müde, es zu betonen. Haben Sie sonst noch etwas zu besprechen?«

Sie merkte es an seiner versteinerten Mimik, dass sie einen empfindlichen Nerv getroffen hatte. Er fühlte sich hier unwillkommen ... in seinem eigenen Haus. Dieser Punkt ging an sie.

»Dieses Gespräch wird zu anderer Zeit fortgeführt werden, Mylady.«

Sie fühlte Erleichterung durch sich hindurchrieseln. Zumindest hatte sie sich eine Schonfrist erkämpft. »Zu meinem Bedauern stehe ich erst wieder im Januar zur Verfügung, ich verbringe die Feiertage auf dem Land.«

Jetzt schlich sich ein finsterer Zug um seine Augen, ehe er so schnell verschwand, wie er erschienen war. »Wie erfreulich. Dann bleibt mir noch genug Zeit, passende Ehemänner zu suchen, die ich Ihnen am Tag Ihrer Rückkehr hier in London präsentieren kann.«

Er erhob sich und strich die Aufschläge seines Gehrocks glatt. Obgleich Charlottes Knie zitterten, zwang sie sich, aufzustehen und das Kinn hervorzurecken. »Ich wünsche Ihnen ein erholsames Weihnachtsfest, Mylord.«

Er nickte ihr zu und verließ den Salon. Zurück blieb ein unwohles Gefühl in ihrer Magengegend und die Erkenntnis, dass sie Tante Janes Hilfe benötigte. Und zwar dringend.

❄

Es dauerte eine geschlagene Stunde, bis Charlotte es schaffte, ihren Schwestern gegenüberzutreten. Sollte sie reden oder doch lieber schweigen? Sie waren mit ihren neunzehn Jahren nicht mehr so jung, aber Charlotte glaubte nicht, dass sie die Auswirkungen dieser Vormundschaft wirklich verstanden. Die

Antwort wurde ihr abgenommen, als sie Alexandra mit einem bekannten Buch in der Hand ertappte.

Sie schnappte nach Luft. »Was liest du da, Alexandra? Ich hoffe doch nicht, dass es das ist, was ich denke.« Charlotte stemmte die Hände in die Hüften und bedachte ihre jüngste Schwester mit einem mahnenden Blick. Ihre Autorität als Älteste wurde in dem Moment untergraben, als sich die Dritte im Bunde, Ophelia, einmischte.

»Aber Charlotte, wir müssen doch einen Weg finden, diesen Earl loszuwerden.« Sie nestelte an den Samtaufsätzen ihres Hauskleides, während sie Charlotte aus unschuldigen Augen ansah.

Auf den ersten Blick mochte man nicht glauben, dass die beiden Zwillinge waren. Während Alexandra dunkles Haar und braune Augen aufwies, war Ophelia blond und grünäugig. Sie war die Ungestüme, die ihren Zwilling zu undamenhaften Taten anstachelte, während Alexandra ihre Nase am liebsten in Büchern vergrub. Wie auch jetzt. Trotz der Unstimmigkeiten, die oft zwischen ihnen herrschten, waren sie sich in einer Sache allerdings immer einig: Sich zusammenzutun, wenn ihre große Schwester lauter werden musste. Irgendwer musste doch vernünftig bleiben.

»Es ist doch nur ein Ratgeber, wie wir diesen Kerl loswerden«, versuchte sich Alexandra zu rechtfertigen und drückte das Buch an sich, als wäre es ein kostbarer Schatz, den es zu beschützen galt. Ophelia rückte näher an sie heran und legte einen Arm um sie.

»Es ist unziemlich, dieses Buch zu lesen, das ist euch hoffentlich bewusst.«

Alexandra schnappte nach Luft. »Du willst diesen Earl doch auch loswerden. Ich habe dich belauscht, als du mit deiner Zofe darüber gesprochen hast, nicht als Zuchtstute enden zu wollen.«

Charlotte schnappte angesichts dieser freimütigen Bemerkung nach Luft. »Alexandra, ich muss schon bitten. Kannst du dich nicht mehr an unsere letzte Unterhaltung erinnern, in der es darum ging, dass es unanständig ist, andere Menschen zu belauschen?«

Zumindest schien die Erziehung ein wenig an ihr haften geblieben zu sein, denn sie senkte ertappt den Kopf. Wenn auch nur kurz. »Doch, ich erinnere mich, Schwesterchen. Aber ich kenne dich und ich weiß, dass du dich dem Earl nicht einfach so fügen wirst. Du magst verschroben sein, aber nicht dämlich.«

»Verschroben?«

Alexandra nickte eifrig. »Deine über alles verzehrende Liebe zu den Orchideen empfindest du für uns wohl kaum.«

Obgleich Alexandra die Humorvolle in dieser Familie war, vernahm Charlotte dieses Mal keinen Funken in ihren Worten. Sie schien tatsächlich verletzt zu sein, was sich in ihrer plötzlich aufgetreten, traurigen Miene abzeichnete.

»Da hat sie recht, Charlotte. Du verbringst mehr Zeit mit deinen Blumen als mit uns«, mischte sich Ophelia ein.

Orchideen sind nicht einfach nur Blumen, wollte sie ihre beiden Schwestern korrigieren, aber das schlechte Gewissen hinderte sie daran, die Worte auszusprechen.

»Außerdem wissen wir, dass in Wahrheit ein Blaustrumpf in dir steckt«, beharrte Alexandra und rückte ein wenig von ihrer Schwester ab, bevor sie auf den frei gewordenen Platz klopfte.

»Oh, zuerst bin ich verschroben und nun ein Blaustrumpf? Erkläre mir doch bitte, wie du auf so etwas kommst.«

Alexandra neigte den Kopf zur Seite, eine leichte Röte hatte sich auf ihren Wangen gebildet. »Orchidee kommt vom griechischen Wort *orchis*, was so viel wie Hoden bedeutet.«

Sie sprach das Wort so trocken aus, als handle es sich um eine Beigabe zum Tee.

Ophelia hob einen Zeigefinger. »Und außerdem wurden Orchideen als Aphrodisiakum verwendet. Folglich mussten wir feststellen, dass du dich nur nach außen hin damenhaft korrekt verhältst.«

Charlotte bedachte die beiden unter schmalen Augen. »Möchte ich wissen, woher ihr diese frevelhaften Informationen habt?«

»Aus einem Pflanzenbuch in der Bibliothek. Du weißt, dass ich mich sehr für Naturwissenschaften und Botanik interessiere.« Alexandra verzog keine Miene.

»Lieber Gott, was habe ich in meinem vergangenen Leben nur verbrochen?«, stöhnte Charlotte und rieb sich die Augen.

Für Alexandra einen passenden Ehemann zu finden, würde sich dank ihrer zweifelhaften Lektürevorlieben und der Neigung, zuerst zu sprechen und dann zu denken, als wahrlich schrecklich herausstellen. Zwar verkörperte sie eine ruhige Natur, aber sie scheute sich nicht, ihre Meinung zu äußern, wenn sie angesprochen wurde.

Mit Ophelia würde es keineswegs einfacher werden. Ihre Zunge war spitzer als ein Schürhaken und vermochte selbst einen gestandenen Gentleman zu vertreiben oder ihn in Erklärungsnot zu bringen.

Charlotte gab ein kapitulierendes Seufzen von sich und setzte sich zwischen die beiden. Und dann war da noch sie ... die Dritte im Bunde wäre am Schwierigsten zu verheiraten, daran gab es keinen Zweifel. Sie wollte, dass Alexandra und Ophelia jemanden an ihrer Seite hatten, der sie zuvorkommend und freundlich behandelte. »Ihr sollt einen Mann heiraten, den ihr aufrichtig liebt, und der euch aufrichtig liebt.«

»Aber wovon sprichst du denn?«, fragte Ophelia leise und legte ihr die Hand auf die Schulter. Ein Bibbern ging durch sie hindurch, mit einem Mal fühlte es sich trotz des wärmenden Feuers in diesem Raum eiskalt an.

»Lord Murray möchte uns natürlich verheiraten, um uns loszuwerden.«

Zuerst herrschte Stille zwischen ihnen. Alexandra und Ophelia sahen ihre Schwester mit großen Augen an, sie konnte förmlich das Betteln und Flehen darin erkennen. Womöglich war es genau das, was Charlottes Kampfgeist zusätzlich anfeuerte. Sie straffte ihre Schultern. »Aber sorgt euch nicht. Der liebe Lord Murray hat die Rechnung ohne unsere einfallsreiche Tante Jane gemacht.«

Kapitel zwei

Es war bereits nach Mitternacht, als Heath nach Hause kam. Entgegen seiner Befürchtungen war er einigermaßen nüchtern. Zu seinem Bedauern waren ihm im *Brooks's* nur zwei Gentlemen aufgefallen, die sich als Ehemänner eignen könnten. Dummerweise war der eine bereits verlobt und der andere auf der Suche nach einer stillen, zurückhaltenden Lady, die ihm mehrere Erben gebären würde. Keine der drei Damen passte auf diese Beschreibung.

Heath Andrews, Earl of Murray, verfluchte sich im Stillen dafür, dass er seinem Vater das Versprechen abgenommen hatte, sich um die Mündel seines besten Freundes zu kümmern, sollte diesem etwas zustoßen. Nun, knapp acht Monate, nachdem er zum Earl geworden war, und sechs Monate, nachdem Lord James Hawks verstorben war, sah er sich einer aussichtslosen Lage gegenüber. Wie sollte er binnen kürzester Zeit passende Ehemänner für die drei

Damen finden, die sich in der Hautevolee einen gewissen Ruf gemacht hatten? Er hatte die Trauerzeit abgewartet, bevor er der Ältesten den ersten Besuch abstattete, aber im Nachhinein musste er feststellen, dass er sich besser gleich um diese Angelegenheit gekümmert hätte.

Lady Charlotte Mainsfield, das langweilige Mauerblümchen.

Lady Alexandra Mainsfield, die tollpatschige Dame, die selbst die einfachen Schritte des Walzers nicht beherrschte.

Lady Ophelia Mainsfield, der Wirbelwind, der nur Unfug im Kopf hatte und seine Zwillingsschwester mit Vorliebe anstiftete, mitzumachen.

Schlimm genug, dass dieser Tratsch sogar seine Ohren erreicht hatte. Zumindest was Lady Charlotte anbelangte, konnte er den Hyänen nicht zustimmen. Sie mochte zwar ein Mauerblümchen sein, aber sie war keinesfalls langweilig. Keine langweilige Dame schleuderte einem Earl solche Ausdrücke entgegen. *Zuchtstuten-Vereinigung*. Allein dieses Wort hätte die Schamesröte auf ihren Wangen erscheinen lassen sollen – aber keine Spur. Lady Charlotte war nicht dumm ... und keineswegs auf den Mund gefallen. Herrgott, wie sollte er für sie einen Ehemann finden? Jemand, der taub und stumm war, würde sich für sie eignen, aber doch kein Gentleman, der Wert auf Manieren und Zurückhaltung legte.

Als es an der Tür seines Arbeitszimmers klopfte, legte er den Federhalter zur Seite und ließ die angefertigte Liste der potentiellen Ehemänner unter einem Dokumentenstapel verschwinden. »Herein.«

Er bemerkte bereits am kraftvollen Schwung der Tür, dass es sich nicht um seinen Butler handelte. Den Hauch eines Augenblicks später erkannte er seinen Geschäftspartner Noah Sheffield, der angesichts seines wankenden Ganges mehr als angeheitert zu sein schien. Heath rollte mit den Augen. »Sheffield. Sag nicht, dass du wieder wegen *ihr* getrunken hast.«

Es gab keinen anderen Grund, warum ein Gentleman wie er um Mitternacht bei ihm hineinstürmte und sich in einem solchen Zustand befand. Sheffield schloss die Tür in einer ungalanten Bewegung und torkelte dann auf den Sessel zu, der sich vor dem Schreibtisch befand. Seine Fliege hing lose an seinem Hals hinab, das Hemd war zerknittert und der Gehrock teilweise offen. Hatte er ihn auch falsch zugeknöpft?

»Keine nette Begrüßung für deinen langjährigen Freund. Und natürlich war es nicht wegen ihr, der Scotch hat heute besonders gut geschmeckt.«

Überraschenderweise lallte er nicht. Heath lehnte sich im bequemen Ledersessel zurück und legte die Fingerspitzen aneinander. »Natürlich nicht. Was führt dich zu dieser Zeit dann zu mir, wenn es nicht der Verlust deiner Gattin ist? Unangekündigt, versteht sich.«

Sheffield nahm den Zylinder ab und fuhr sich durch die schwarzen Haare. Sein Gesicht war gerötet, ob der Kälte oder des Alkohols wegen vermochte Heath nicht zu sagen. Seine blauen Augen waren fahl, jegliche Freude schien aus ihnen gewichen zu sein. Und das wegen einer Frau, die mit ihrem Liebhaber durchgebrannt war. Sie hatte einen Baron verlassen, um sich einen Earl zu angeln. Das nagte an ihm.

»Ich wollte dich fragen, ob du mich morgen zu *Tattersall's* begleitest. Es wird ein ausgezeichneter Hengst vorgestellt, die Deckrate liegt bereits bei vierzig Guineas.«

Heath riss die Augen auf. »Vierzig Guineas? Womit befruchtet er die werten Damen? Gold?«

Sheffield kratzte sich am Kopf. »Denk zurück an *Highflyer*. Es heißt, der Arme hätte sich zu Tode gepaart. Aber bei fünfzig Guineas pro Deckung hat er *Tattersall's* einen hübschen Gewinn gebracht.«

Daher wehte der Wind. Es nagte an Sheffield, dass sein Vermögen mickriger war als das des Earls, der sich nun mit der ehemaligen Baroness zwischen den Laken wälzte. »Lass mich raten: Du hoffst, dass du ein ähnliches Vollblut ersteigerst und damit ein Vermögen anhäufst, korrekt?« Heath meinte, aufkeimende Freude in seinen Augen zu sehen. Guter Gott, Sheffield war bekannt für seine Sprunghaftigkeit, aber mit diesem Plan konnte er für seinen sicheren Bankrott sorgen. Wenn Heath nicht dabei war und ihn von diesem

Wahnsinn abhielt, würde er ihm bald ein Dach über dem Kopf anbieten müssen.

Sheffield sah aus wie ein kleiner Junge, dem man ein Konfekt vor die Nase hielt, um es dann verschwinden zu lassen. »Nun ja, du kennst meine Leidenschaft für Vollblüter. Ein passendes Rennpferd könnte mir einige Pfund einbringen.«

Heath trommelte mit den Fingern auf der Tischplatte. »Gut, ich begleite dich. Aber wehe, du kommst nur in die Nähe dieses sagenumwobenen Hengstes.«

Das *Tattersall's* war bekannt für seine Rennbahnen sowie den Verkauf und Verleih von Pferden. Wetten konnten abgeschlossen und edle Vollblüter zu horrenden Preisen ersteigert werden. An der Südoststrecke des Hyde Parks lockte es zahlreiche Gentlemen an, die sich anschließend in den pompös ausgestatteten Gemeinschaftsräumen betrinken konnten. So auch Sheffield. Nachdem ihn seine Frau verlassen hatte, lebte er beinahe dort und im *Brooks's*. Wenn Heath ihm nicht beistand, würde er eine falsche Entscheidung nach der anderen treffen. Reichte es nicht, dass er drei Damen am Hals hatte? Musste er sich noch um seinen ehemals erwachsenen Freund kümmern, der sich jetzt wie ein Bengel mit zu viel Geld benahm?

Sheffield schoss aus dem Sessel hoch, was Heath angesichts seiner Trunkenheit für ein unmögliches Unterfangen gehalten hätte. »Versprochen. Ich möchte ihn mir schließlich nur ansehen.«

»Bist du nur deshalb um Mitternacht zu mir gekommen?«, hakte Heath misstrauisch nach. An der schuldbewussten Miene seines Freundes erkannte er sogleich, dass mehr dahintersteckte. »Nun ja, ich hörte, dass heute ein Kostümball in Covent Garden stattfindet. Um diese Uhrzeit sollten die langweiligen Debütantinnen bereits verschwunden sein und reifere Damen für uns zur Verfügung stehen. Außerdem wollte ich dich fragen, wie dein Besuch bei deinem Mündel verlaufen ist.« Er wackelte mit den Augenbrauen.

Heath nahm den Federhalter wieder in die Hand und schüttelte den Kopf. »Reden wir nicht davon. Und du weißt, dass ich sonst gern dafür zu haben bin, aber nicht heute«, brummte er.

Sheffield schnalzte mit der Zunge. »Mir ist bereits aufgefallen, dass deine Laune schlecht ist. Ich denke allerdings, dass eine versierte Dame dich schnell aufheitern könnte. Bevor wir uns morgen preisträchtige Tiere ansehen.«

Heath stöhnte auf. Wenn sein Freund sich etwas in den Kopf gesetzt hatte, war er nur schwer wieder davon abzubringen. »Du lässt nicht locker, nehme ich an?«

»Nein, und ich bin mir sicher, dass dir Ablenkung gut tun würde, was auch immer für deine schlechte Laune gesorgt hat, wobei ich auf Lady Charlotte tippe.« Er zupfte sich die Fliege zurecht und schloss die edelsteinbesetzten Knöpfe seines Gehrocks.

Heath läutete nach seinem Butler und ignorierte Sheffields Seitenhieb. »Ich hatte etwas anderes vor, mein Freund, aber mein Gefühl sagt mir, dass ich dich nicht allein nach Covent Garden gehen lassen soll.«

Ein Klopfen beendete das Gespräch zwischen ihnen und Heath' Butler erschien im Türrahmen.

»Bringen Sie mir bitte Hut und Mantel, Myers.«

»Natürlich, Mylord.«

Wie ein Geist verschwand er wieder im Gang und schloss die Tür hinter sich. Heath ging zum Sideboard und goss sich einen irischen Whisky ein. Vielleicht war eine versierte Dame genau das Richtige, um die drei Mündel zumindest kurz vergessen zu können.

»Vielen Dank, dass du mir auch ein Glas anbietest«, murrte Sheffield, was ihm einen warnenden Blick einbrachte.

»Du hattest sicherlich schon genug, und ich werde dich nicht in die Kutsche schleifen.«

Einen Augenblick später erschien der Butler mit Mantel und Hut. »Kann ich noch etwas für Sie tun, Mylord?« Myers stand stocksteif vor ihm und zuckte nicht einmal mit der Wimper. Manchmal fragte sich Heath, ob der Mann, der seit Jahrzehnten für diese Familie arbeitete, irgendwann einmal gelächelt hatte.

»Ja, Myers, bereiten Sie für übermorgen die Abreise auf meinen Landsitz vor. Ich brauche dringend Erholung.« *Und einen ausgeklügelten Plan, um drei Frauen loszuwerden.*

Kapitel drei

Der Besuch des Earls am vergangenen Tag hatte Charlotte keine Ruhe gelassen. Selbst die neuen Orchideen, die der Gärtner in das Gewächshaus gebracht hatte, vermochten sie nicht auf andere Gedanken zu bringen.

»Verschachert an einen Gentleman wie ein Tier«, murmelte sie und schüttelte den Kopf. »Nicht mit mir.« Sie legte die Lektüre, mit der sie erfolglos versucht hatte, sich abzulenken, zur Seite und erhob sich von ihrem Platz auf dem Sofa. Alexandra und Ophelia sahen gleichzeitig auf, die eine von ihren Stickarbeiten, die andere von ihrem Pianoforte.

»Ich brauche frische Luft«, erklärte Charlotte ob der fragenden Blicke und läutete nach dem Butler, der anschließend ihre Zofe zu ihr brachte.

»Ja, Mylady?«, fragte diese, als sie ihren rothaarigen Schopf durch den Türspalt steckte.

»Bring mir bitte meinen Umhang und meinen Hut, Anna. Wir werden Marion besuchen.« Wenn es eine Person in London gab, die sie abzulenken vermochte, dann war es ihre gute Freundin Lady Marion Woodstock.

»Sehr wohl, Mylady.« Sie knickste und verließ das Zimmer.

Ophelia warf einen kritischen Blick aus dem Fenster. »Es könnte bald anfangen zu schneien«, bemerkte sie und schaute zu ihrer Schwester auf, während ihre Finger wie erstarrt über den Tasten schwebten. »Willst du heute wirklich noch das Haus verlassen?«

»Natürlich«, entgegnete Charlotte. »Es gibt nichts Wirksameres, als bei eisigen Temperaturen hinauszugehen und nachzudenken. Bei Marion kann ich mich an einer Tasse Tee erwärmen. Ich bin bei Einbruch der Dunkelheit wieder zu Hause.« Ohne auf eine weitere Reaktion ihrer Schwestern zu warten, schloss Charlotte die Tür hinter sich. Anna erwartete sie bereits.

»Hier, Mylady. Ich habe Ihnen auch Ihre Handschuhe mitgebracht. Es sieht draußen sehr kalt aus.«

Mit einem freundlichen Nicken ließ Charlotte sich von ihr den dunkelblauen Umhang umlegen, ehe sie sich selbst den Hut auf die gelockten Haare setzte und die Bänder unter ihrem Kinn zusammenknotete. Sie öffnete die Eingangstür und sogleich schlug ihr der eisige Wind entgegen. Kurz verharrte sie, schloss die Augen und spürte die Kälte an ihren Wangen beißen. Noch konnte sie die Tür einfach wieder schließen und im Haus bleiben. Sich vor das warme Feuer im Kamin setzen und lesen. Entschieden schüttelte sie den Kopf und zog sich die Handschuhe über die schmalen Finger. Nein, sie musste diesen Earl aus ihren Gedanken vertreiben. Sie wollte sich die anstehenden Feiertage ganz sicher nicht von ihm verderben lassen, nur weil sie immerzu an ihn denken musste. Den Triumph gönnte sie ihm nicht. Mit der Gewissheit, dass sich ihre Laune durch den Spaziergang wieder heben würde, schritt sie aus dem Haus. Anna, eingepackt in einen dicken Wollumhang, folgte ihr.

Ein wenig bedauerte Charlotte, dass es wieder zu schneien aufgehört hatte, doch die eisigen Temperaturen und der wolkenverhangene Himmel deuteten darauf hin, dass sie nicht mehr lange würde warten müssen. Sie liebte den Winter. Und die Schneeflocken, die in Form von kleinen Kristallen auf die Erde rieselten. Gleichzeitig machte es sie traurig. Dies würde das erste Weihnachten ohne ihren Onkel James sein. Er hatte nie lange in seinem Anwesen hier verweilt, hatte London zwischen den Expeditionen nur kurz aufgesucht, um nach dem Rechten und dem Wohl seiner Nichten zu sehen. Man konnte ihm nicht nachsagen, dass er ein liebevoller Vormund gewesen war. Doch seine Pflichten hatte er sehr ernst genommen und seit dem unglücklichen Tod von Lord und Lady Mainsfield vor neun Jahren immer im Sinne der Mädchen gehandelt. Zumindest hatte er sich stets darum bemüht. Und an Weihnachten war er jedes Mal heimgekehrt. Sehr zu seiner Freude hatte sich Tante Jane in der großen Saison hier im Stadthaus niedergelassen, damit die Schwestern debütieren konnten. Zu Charlottes Verdruss hatten weder Ophelia noch Alexandra in der ersten Saison einen Ehemann gefunden. Von ihr selbst ganz zu schweigen … sie war nun mal zu eintönig.

Charlotte spürte eine verräterische Nässe in ihren Augen aufsteigen. Hastig blinzelte sie die Tränen fort und beschleunigte ihre Schritte. Sie brauchte keinen Ehemann, um glücklich zu sein. Abgesehen davon waren die meisten Ehen in der Hautevolee nur aus taktischen Gründen geschlossen worden, nicht aus Liebe. Dieses Schicksal wollte sie sich und ihren Schwestern ersparen, umso wichtiger war es, Tante Jane alsbald aufzusuchen, auch wenn es bedeutete, ihre Schwestern hier zu lassen. Sie sollten nichts von Charlottes Sorgen mitbekommen und erst recht nichts von den sicherlich unkonventionellen Einfällen ihrer Tante. Dieses Jahr würde sie zum ersten Mal getrennt von ihren Schwestern nach Hampshire fahren, um sich den Rat ihrer Tante einzuholen, die seit vielen Jahren als Witwe allein im Anwesen ihres verstorbenen Mannes lebte. Sie brauchte ihre weibliche Unterstützung und Erfahrung mit reichen Männern, die sich ungehindert jedes Mitgefühls als den Herrgott daselbst aufspielten und über das Schicksal von ihr und ihren Schwestern bestimmen wollten. Tante Jane hatte sogleich zugestimmt und so würde Charlotte bereits in zwei Tagen mit der Kutsche abreisen. Doch zuvor wollte sie ihre gute Freundin Lady Marion besuchen und den Earl of Murray aus ihren Gedanken verbannen.

Als sie den Hyde Park erreichten, blieb Charlotte einer Eingebung folgend stehen und wandte sich an ihre Zofe. »Anna, deine Familie wohnt in St. Giles, nicht wahr?«

»Ja, Mylady«, bestätigte diese keuchend. Weißer Nebel breitete sich vor ihren Lippen aus, als sie ausatmete.

»Ich gestatte dir, sie zu besuchen, während ich bei Lady Marion verweile.«

Ihre Augen wurden so groß wie die eines jungen Rehs. »Aber Mylady …«

»Bitte, Anna«, entgegnete Charlotte und lächelte. »Wenn du die Feiertage über schon mit mir in Hampshire verbringen musst, solltest du wenigstens diese Gelegenheit nutzen, um dich von deiner Familie zu verabschieden. Hier …«, sie öffnete ihr Retikül und fischte ein paar Münzen heraus, »miete dir für die Fahrt eine Droschke. Wir treffen uns hier bei Einbruch der Dunkelheit.«

Einen Moment zögerte das Mädchen. Sie war nur wenige Jahre jünger als Charlotte und ihr in der Zeit, die sie nun schon für die Mainsfields arbeitete, zu einer Vertrauten geworden. Zudem hatte sie Charlotte kurz nach deren Debüt am Hofe in ihrem Stadthaus vor einer misslichen Lage mit einem aufdringlichen Herrn gerettet, mit dem, wären seine unsittlichen Versuche, ihr an die Wäsche zu gelangen, von Erfolg gekrönt gewesen, Charlotte den Bund der Ehe hätte schließen müssen, um ihre Familie vor einer Schande zu bewahren. Zum Glück hatte Anna diesen Kerl mit einer Selbstlosigkeit vertrieben, die sie beinahe die Anstellung gekostet hätte. Aus diesem Grund fühlte sie sich berufen, ihrer Zofe etwas Gutes zu tun. Ein Strahlen breitete sich auf Annas Gesicht aus, als sie die Lider niederschlug und in einem tiefen Knicks versank. »Ich danke Ihnen, Mylady.«

Charlotte entließ sie mit einem Wink ihrer Hand und drehte sich bereits um, um ihren eigenen Weg fortzusetzen. Es war unschicklich für eine Dame, ohne Begleitung durch die Straßen Londons zu schlendern, doch ihr Ziel lag bereits in Sichtweite, weswegen sie sich über mögliches Geschwätz keine Gedanken machte. Sie erreichte das prunkvolle Anwesen von Lord und Lady Woodstock und wurde sogleich vom Butler des Hauses begrüßt. Auch wenn sie sich nicht angemeldet hatte, war sie ein bekanntes Gesicht und wurde stets freundlich empfangen. Der Herr nahm ihr die Garderobe ab und führte sie in den Salon.

»Bitte nehmen Sie Platz, Mylady. Ich werde Lady Woodstock von Ihrer Ankunft unterrichten.«

Sie nickte und ließ sich auf einem der gepolsterten Möbelstücke nieder. Ihre Finger waren eiskalt und so verschränkte sie diese ineinander, um sie zu wärmen. Das blieb dem aufmerksamen Butler nicht verborgen.

»Es wird gleich jemand kommen, um das Feuer neu zu schüren, Mylady.« Sie lächelte dankbar und sah ihm nach, wie er sich nach einer Verbeugung mit steifen Schritten aus dem Raum bewegte.

Charlotte hatte nicht viele Bekannte, denen sie auch den Titel Freund oder Freundin zugestehen würde. Auf gesellschaftlichen Anlässen hielt sie sich stets bedeckt und sie strebte auch nicht danach, von allen geliebt und begehrt zu werden, wie manch andere Damen. Da sie ebenfalls nicht gewillt war, aus einem anderen Grund als Liebe zu heiraten, mied sie es, allzu viel Aufmerksamkeit der Junggesellen auf sich zu ziehen. Oft bezeichnete man sie als Mauerblümchen, doch Charlotte war es nur recht. Die Einzige, die dem Titel Freundin wahrlich gerecht wurde, war Lady Marion, die ihr, seit sie in derselben Saison debütiert hatten, mit einer Freundlichkeit und Zuneigung begegnete, die Charlotte von Herzen gern erwiderte.

Noch bevor sie ihre Freundin sah, hörte sie deren Stimme durch das Anwesen hallen. »… lassen sie einfach im Salon warten! Bringen Sie uns Tee, Rogers, und etwas Gebäck!« Die Tür flog auf und eine kleine, zierliche Frau mit dunklen, fast schwarzen Haaren und einem kugelrunden Bauch betrat den Salon. »Charlotte!«, rief sie mit einem strahlenden Lächeln auf den Lippen aus und kam mit ausgestreckten Armen auf ihren Gast zu. Charlotte erhob sich, um die schmalen Hände ihrer Freundin zu ergreifen.

»Marion, wie schön, dich zu sehen.«

»Herrgott, Charlotte, deine Finger sind eiskalt!« Marion zuckte erschrocken zurück. »Rogers soll augenblicklich wieder das Feuer entfachen. Wir nutzen den Salon selten, sodass die Scheite abbrennen, ohne aufzufallen.«

»Rogers ist bereits dabei, es zu veranlassen, Marion. Sag, wie geht es dir?«

Die beiden Frauen ließen sich auf den Polstern nieder und Marion strich glückselig lächelnd über ihren Bauch. »Nicht mehr lange, und mein Mann bekommt seinen Erben. Ich kann es kaum erwarten, Charlotte.« Ihre Wangen färbten sich rötlich und ihre braunen Augen leuchteten voller Erwartung.

»Wirst du mit deinem Gatten über die Feiertage zu eurem Landsitz reisen?«, fragte Charlotte. Die Tür öffnete sich. Rogers betrat, begleitet von einem weiteren Diener, den Salon und stellte ein Tablett mit Tee und Gebäck auf den kleinen Beistelltisch, bevor sich die beiden dem Kamin zuwandten.

»Wir haben die Reise abgesagt. Die lange und unbequeme Fahrt wäre in meinem derzeitigen Zustand nicht zuträglich. Der Arzt vermutet, es wird ein Neujahrskind.« Lady Marion war seit einem Jahr unter der Haube und ihre Verbindung mit Lord William Wilcox, Marquis of Woodstock, war eine glückliche, wie Charlotte sie für sich selbst und noch mehr für ihre Schwestern auch wünschte. Doch mit dem Tod ihres Onkels und dem Vorhaben des Earls of Murray würde dieser Traum auch genau das bleiben. Nichts weiter als eine Wunschvorstellung, die verträumten Gedanken eines Mädchens, das auf die Entscheidung ihres Vormunds angewiesen war.

»Ich werde übermorgen nach Hampshire zu meiner Tante reisen, doch Alexandra und Ophelia werden hier in London bleiben. Sie werden sich freuen, wenn sie dich über die Feiertage besuchen dürften.«

»Natürlich!«, rief Marion aus. »Die herzallerliebsten Mädchen sind mir immer willkommen. Aber sag, wie ist es euch ergangen? Kümmert sich der Earl of Murray um euch?«

Charlotte stieß einen sehr undamenhaften Laut aus, der wohl als Schnauben bezeichnet werden konnte. Sie wartete, bis die beiden Männer das Feuer neu entfacht und den Salon wieder verlassen hatten, bevor sie sich erhob und ihre immer noch kühlen Finger der Wärme entgegen streckte. »Der Earl sieht in uns nicht mehr als eine Belastung, derer er sich mittels einer Heirat schnell entledigen möchte.«

»Er hat dir einen Antrag gemacht?« Ihre Augen waren vor Neugierde weit aufgerissen.

»Gott bewahre.« Charlotte lachte lauthals, konnte dabei auch das kleine Grunzen nicht verhindern, das sich manchmal bei ihr einschlich. Aber die Vorstellung, *sie* würde die Frau dieses aufgeblasenen, selbstgefälligen … Nein, ausgeschlossen. Das war einfach zu amüsant. »Er will uns den Junggesellen vorführen, wie eine frische Stute im *Tattersall's*, und uns an den Meistbietenden verschachern.«

»Ach, nicht doch.« Enttäuscht ließ Marion die Schultern sinken. »Sicherlich kannst du ihn für dich gewinnen. Er ist doch selber ein angesehener Junggeselle mit einem beachtlichen Vermögen und keine schlechte Partie. Er hat es nicht nötig, euch des Geldes wegen zu verheiraten.«

Charlotte zuckte mit den Schultern. »Wer versteht schon die Beweggründe des männlichen Geschlechts? Aber ich bin nicht gewillt, diesen Schnösel zu ehelichen oder sonst einen. Abgesehen davon ist es ausgeschlossen.«

Marion hielt sich die Hand vor den Mund, um ihr Kichern dahinter zu verbergen. Im Gegensatz zu Charlotte behielt sie auch in privaten Unterredungen ihren Anstand bei, auch wenn sie die Ausbrüche ihrer Freundin keineswegs als anstößig ansah. Ihr eigenes Laster lag dagegen in dem Verbreiten von Gerüchten, die am Hof die Runde machten. So beugte sie sich auch jetzt vor und sagte mit einem verschwörerischen Unterton in der Stimme: »Mir ist erst vor Kurzem etwas über deinen Earl zu Ohren gekommen.«

Charlotte rümpfte pikiert die Nase. »Er ist nicht *mein* Earl.«

Marion winkte ab. »Es betrifft auch mehr seinen Geschäftspartner als ihn selbst. Dieser Lord Sheffield ist ein Trinker und Schürzenjäger. Seit ihn seine Frau für einen reichen Mann verlassen hat, zieht er Heath Andrews mit in seine düsteren Machenschaften. Er ist ein Mensch von schwachem Charakter, der in seinem eigenen Kummer zu ertrinken droht und dabei seinen Partner mit sich zieht. Wenn du mich fragst, kann er euch gar nicht schnell genug verheiraten. Für deinen Ruf und den deiner Schwestern wäre es nur von Nachteil, sollte sich Sheffields Benehmen auf das des Earls ausweiten.« Sie beugte sich noch weiter vor und senkte die Stimme, sodass Charlotte Mühe hatte, ihre Freundin zu verstehen. »Lord Murray soll sich angeblich im *Brooks's* nach Heiratskandidaten umgehört haben. Nach deiner Aussage heute, weiß ich auch, wieso.« Sie zog die Augenbrauen hoch und wartete gespannt auf eine Reaktion ihrer Zuhörerin. Charlotte gab nicht viel auf solche Worte, entsprachen sie doch nie gänzlich der Wirklichkeit. Doch diese Neuigkeit schockierte sie und dass der Earl im *Brooks's* nach potentiellen Ehemännern für sie und ihre Schwestern gesucht hatte, machte nur allzu deutlich, wie schnell er die Mädchen loswerden wollte. Die Mitglieder dieses Clubs waren bekannt für ihre Wettleidenschaft, hauptsächlich politischer oder sportlicher Natur, doch wer sagte, dass sie nicht auch auf die Unschuld dreier Mädchen ihre Wetten abschließen würden? Vor ihrem geistigen Auge sah sie den Earl of Murray seine Schulden begleichen, indem er sie an einen Fremden übergab. Ein Schütteln erfasste sie, als es ihr kalt den Rücken hinunterlief. Oh nein, soweit würde sie es nicht kommen lassen! Dieser Lord würde schon merken, dass sie keine hilflose Dame war, die ihn anbettelte.

»Bitte lass uns nicht weiter über den Earl sprechen. Wir wollen uns doch nicht die Stimmung verderben.«

Enttäuscht sanken Marions Mundwinkel herab, doch sie fasste sich schnell und tat ihrer Freundin den Gefallen.

Sie sprachen noch eine Weile über Tante Jane, die Feiertage und Marions Gatten, von dem sie nicht genug schwärmen konnte, bevor Charlotte sich bei Einbruch der Dunkelheit verabschieden musste.

»Komm wohlbehalten heim, liebste Freundin«, sagte Marion und drückte ihre Hände. »Bei der Kälte wird der Frost nicht lange auf sich warten lassen. Richte deiner Tante meine liebsten Grüße aus und schreib mir zu Weihnachten.«

Charlotte wickelte sich in ihren Umhang und kehrte zurück in den Hyde Park. Aus der Entfernung konnte sie ihre Zofe schon dort stehen und warten sehen. Sie beschleunigte ihre Schritte, da es doch recht spät geworden war und die Dämmerung bereits in die Nacht überging, mit der auch die Kälte zugenommen hatte. Wie sehr wünschte sie sich zurück an das Feuer in Lady Marions Salon.

Ein Wiehern ertönte hinter ihr, gefolgt von einem näherkommenden Hufgetrappel. Auch wenn um diese Uhrzeit normalerweise kaum noch Reiter oder Kutschen unterwegs waren, dachte sie sich nichts dabei. Also stapfte sie weiter, als sie bemerkte, wie ihre Zofe wild mit den Armen gestikulierte und etwas in ihre Richtung rief. Doch sie konnte sie nicht verstehen, dafür war sie noch zu weit entfernt. Die Geräusche hinter ihr wurden lauter.

Erschrocken drehte sie sich um, sah einen Reiter auf einem Schimmel geradewegs auf sich zu preschen. Aus reinem Überlebensinstinkt machte sie einen Satz zur Seite, stürzte und prallte schmerzhaft auf dem gefrorenen Boden auf. Sterne tanzen vor ihren Augen, eine Welle der Übelkeit erfasste sie. Sie wollte sich bewegen, aufstehen, aber ihr Blickfeld wurde unscharf, die Stimmen hallten verzerrt zu ihr und es dauerte nur noch wenige Wimpernschläge, bis die Nacht sie vollständig einhüllte.

Kapitel vier

»Ist er nicht ein prachtvolles Tier?«, wollte Sheffield wissen und klopfte dem Hengst ungewöhnlich sanft gegen die Flanke, als hätte er die Befürchtung, die wandelnde Goldgrube könnte ansonsten eine Verletzung davontragen. Heath konnte nur anerkennend nicken, dennoch sorgte der unverschämt hohe Preis von sechshundert Pfund bei ihm für Zähneknirschen. Damit war es einer Familie möglich, ein halbes Jahr mitsamt Dienstboten in einem vermieteten Stadthaus zu leben. »Er ist zweifellos ein Prachtexemplar, aber zu teuer. Ich denke nicht, dass du vorhast, unter die Züchter zu gehen.«

Sheffield schenkte dem Hengst einen liebevollen Blick, der bei Heath für eine Grimasse sorgte. Was war nur aus seinem besten Freund geworden? Er himmelte ein Pferd mehr an als seine Mätresse, die ihn von seiner Ehefrau ablenken sollte?

»Du hast recht, der Einfall mit der Pferdezucht gehörte nicht zu meinen besten, aber … ich benötige Ablenkung, Heath.« Er wandte sich von dem Tier ab und schenkte ihm einen Blick, der Heath' Aufmerksamkeit erregte. Es war einer dieser seltenen Momente, in denen Sheffield durchblicken ließ, wie sehr ihn der Verlust seiner Ehefrau schmerzte. Oder besser gesagt, der Verrat, der damit einhergegangen war. Heath konnte sich dieses Gefühl nicht ausmalen, aber er wusste, dass sein Freund sie geliebt hatte … oder es noch immer tat. Und es war seine Aufgabe, ihn auf andere Gedanken zu bringen. Er gab ein kapitulierendes Seufzen von sich. »Was hältst du davon, *Imperator* Probe zu reiten? Ich hörte, er sei ein geeigneter Wallach für schnelle Ritte.«

Sheffield warf einen Blick in die benachbarte Box, in der ein Schimmel stand.

»Er ist ungestüm, aber du behauptest doch immer, ein versierter Reiter zu sein. Hundert Pfund erscheinen mir angemessen.«

»In der Tat«, flüsterte Sheffield und trat näher an den Wallach heran. Dieser beäugte ihn misstrauisch und legte die Ohren an.

»Ich werde dir mit *Temperance* folgen.«

»Du hast schon länger ein Auge auf sie geworfen, nehme ich an.«

Heath grinste. »Sie würde sich ausgezeichnet als Zweitpferd eignen und nun gibst du mir die Gelegenheit, ihre Fähigkeiten auf die Probe zu stellen.«

Sheffields trauriger Ausdruck war dem heller Freude gewichen. Seine Augen glänzten wie jene eines Jungen, der ein neues Spielzeug erhalten hatte. »Zu unserem Glück ist der Hyde Park um diese Zeit wie ausgestorben. Ich bin mir sicher, dass *Tattersall's* nichts dagegen einzuwenden hat, wenn zwei potentielle Käufer einen kleinen Ritt durch die Dämmerung anstreben.«

Obgleich Heath Sheffields Einfälle meist nicht unterstützte, musste er ihm bei diesem beipflichten. Womöglich würde es ihn von seiner eigenen Misere ablenken. Wenig später fanden sich die beiden vor der Reithalle wieder. Der Stallknecht reichte Heath die Zügel, bevor er Sheffield half, aufzusteigen. »Imperator ist nicht bekannt für sein ruhiges Gemüt, Mylord. Geben Sie Acht.« Dann tippte er sich gegen die Hutkrempe und verschwand wieder im Inneren. Heath drückte die Fersen gegen *Temperance*' Flanken und brachte sie in den Trab. Am Rand des Hyde Park Corners verfielen sie in den Galopp, die dustrige Stimmung gepaart mit der klirrenden Kälte brachte Heath endlich auf andere Gedanken. Er war so vertieft, dass er das laute Wiehern nur am Rand bemerkte.

»Verfluchtes Tier!«, schrie Sheffield auf. Heath verlangsamte sein Tempo, wollte nach hinten sehen, als sein Freund wie ein Windstoß an ihm vorbeipreschte. Guter Gott, das Tier ging mit ihm durch. Wenn er ihn nicht einholte, könnte es böse enden. Er trieb seine Stute wieder an und holte auf, als er plötzlich einen Ruf wahrnahm, gefolgt von einem Aufschrei. Imperator bäumte sich auf, Sheffield konnte sich mit scheinbar letzter Kraft auf seinem Rücken halten und den Überraschungsmoment nutzen, um ihn zu zügeln. Den Kopf wieder und wieder in die Luft werfend und mit aufgeblähten Nüstern tänzelte das Tier auf der Stelle.

»Mylady! Um Gottes Willen!«, schrie jemand.

Heath stieg von der Stute und eilte zu der kleinen Gestalt, die sich über jemanden gebeugt hielt. Du lieber Gott, Sheffield hatte jemanden niedergeritten.

»Mylady! Wachen Sie auf!« Sie rüttelte an deren Schulter und stieß ein Schluchzen aus, bevor sie ihren Kopf zur Seite reckte und Heath einen vorwurfsvollen Blick entgegenschleuderte. Sie war scheinbar eine Zofe, wenn er ihre Kleidung korrekt einordnete. »Was haben Sie sich nur dabei gedacht?« Tränen flossen an ihren Wangen hinab. Heath riss sich aus seiner Starre und kniete sich neben die bewusstlose Frau. Ihr Hut war verrutscht, ihr Gesicht lag dem Schnee zugewandt. Er hielt die Finger an ihre Kehle und atmete erleichtert auf, als ihr Puls kräftig gegen seine Haut schlug.

»Sie haben sie einfach über den Haufen geritten«, kam es schniefend von der Bediensteten, was Heath dazu veranlasste, sie anzusehen. Ihre Augen waren völlig verweint, ihre Unterlippe zitterte. »Ich war es nicht, Miss, aber es ändert nichts an der Tatsache, dass Ihre Lady einen Arzt braucht. Sheffield!«

Irgendwie hatte es sein Freund geschafft, vom Wallach abzusteigen. Er torkelte mit weit aufgerissenen Augen auf ihn zu, den Blick auf die Fremde geheftet. »Was habe ich getan?«, keuchte er.

»Ich bringe sie in mein Stadthaus, du reitest auf *Temperance* zu meinem Arzt in der St. James Street, hast du mich verstanden?«

Sheffield zitterte, was Heath dazu veranlasste, aufzustehen und ihn an der Schulter zu rütteln. »Sheffield!«

»Zum Arzt reiten, verstanden.«

Erst als er auf die Stute zuging, wandte sich Heath wieder der jungen Frau zu. »Wie ist ihr Name, Miss?«

»L-Lady Charlotte Mainsfield, Mylord.«

Heath blieb für einen langen Augenblick die Luft weg. Natürlich … wie hatte er sie nur nicht erkennen können? Die vollen Lippen, die die meiste Zeit zu einer schmalen Linie gepresst waren, als sie ihn wie den ärgsten Feind beobachtet hatte. Die hohen Wangenknochen, die ihr ein ladyhaftes Aussehen verliehen und von dem Feuer in ihren Augen wieder vernichtet wurde. Diese weichen, rotblonden Haare …

Ein Stöhnen riss ihn aus seinen Gedanken. Sie versuchte, blinzelnd die Augen zu öffnen, aber ihre Lider schienen schwer wie Blei zu sein. »Ich bringe sie in mein Stadthaus in der South Audley Street, informieren Sie ihre beiden Schwestern darüber«, sagte er an die Zofe gewandt.

»J-ja, Mylord.«

Heath beugte sich nach vorn, griff unter Lady Mainsfields Kniekehlen und die Schultern, bevor er sie hochhob. Sie gab ein protestierendes Stöhnen von sich, als er sie gegen seinen Körper drückte. »Bleiben Sie ruhig, Mylady, ich bringe Sie in Sicherheit.«

❄

Es kam ihm wie eine Ewigkeit vor, als endlich Dr. Montgomery durch die Flügeltür schritt und seinen ledernen Koffer neben dem Bett ablegte. »Guten Abend, Mylord. Ich bin so schnell gekommen, wie es mir möglich war. Ich hörte, Sie sei beinahe von einem Pferd erwischt worden.«

Heath wusste, dass er mit seinem gelockerten Halstuch, dem zerknitterten Hemd und den mittlerweile zerstrubbelten Haaren einen zweifelhaften Eindruck hinterlassen musste, aber es war ihm einerlei. Lady Mainsfield hatte die Augen noch immer nicht aufgeschlagen, lediglich leise Schmerzlaute von sich gegeben. »Vielen Dank, dass Sie sich beeilt haben. Lady Mainsfield ist mein Mündel, ich trage dementsprechend die Verantwortung. Sie ist noch immer nicht ganz aufgewacht, es kommt mir so vor, als wäre sie in einem Delirium.«

Der hochgewachsene, schlanke Mann mit dem Schnauzbart und den wachsamen, blauen Augen nickte ihm zu. »Ich verstehe.«

Er setzte sich an die Bettkante und rüttelte leicht an ihren Schultern. Bis auf das kurze Zusammenziehen ihrer Augenbrauen folgte keine Reaktion. Heath räusperte sich und drehte sich leicht weg, als der Doktor begann, die Decke zur Seite zu schieben und sie zu untersuchen.

Heath wusste nicht, wann er sich das letzte Mal derart hilflos gefühlt hatte. Lady Charlotte und er hatten wahrlich keinen guten Start gehabt, aber bei Gott, ein solches Wiedersehen hätte er ihr gern erspart. Er hatte sie die kurze Strecke fest an sich gedrückt gehalten, damit sie nicht zur Seite kippte und vom Pferd fiel. In diesen langen Minuten wurde ihm bewusst, was es bedeutete, Verantwortung für sie und die beiden Schwestern zu tragen.

»Lady Mainsfield? Können Sie mich hören?«

Heath konnte nicht anders, als hinzusehen, als der Arzt ihre Lider leicht anhob. »Sie dürfte jeden Moment zu sich kommen.«

»W-wo bin ich?«, flüsterte sie und verzog das Gesicht, als der Arzt ihre Rippen abtastete.

»Haben Sie an diesen Stellen starke Schmerzen, Mylady?«

Heath trat näher ans Bett und ignorierte den Wunsch nach einem ordentlichen Drink, als er ihr kalkweißes Gesicht bemerkte. Dieser Unfall hätte auch anders ausgehen können.

Dieses Mal gelang es ihr, die Augen zu öffnen. Haselnussbraune Iriden blickten ihm entgegen. Die

Lady schien sich zuerst an das Licht im Raum gewöhnen zu müssen, sie blinzelte einige Male heftig, bevor sie ihn fixierte. Heath fühlte sich auf merkwürdige Weise ausgeliefert. Ein scharfes Lufteinziehen folgte. »*Sie.*«

Es war nur ein einziges Wort, aber es reichte aus, dass ihm ein Schauer über den Rücken wanderte. Als würde sie sämtliche Kräfte in ihrem Inneren bündeln, stützte sie sich mit den Händen an der Matratze ab und versuchte, sich nach oben zu schieben.

»Mylady, bitte bewegen Sie sich nicht zu viel, solange ich die Untersuchung noch nicht abgeschlossen habe.«

Entsetzt drehte sie ihren Kopf zur Seite, als hätte sie die Anwesenheit von Dr. Montgomery erst jetzt bemerkt. »Doktor Montgomery?« Ihre Stimme war piepsig, wie jene eines kleinen Mädchens, das sich vor einem Arzt fürchtete.

Er schenkte ihr ein schmales Lächeln. »Ich bedaure es ebenso, dass wir uns unter solchen Umständen wiedersehen. Gestatten Sie mir, Ihre Unterschenkel abzutasten, dann wäre ich fertig.« Er räusperte sich, als hätte er einen Frosch im Hals. Charlotte schluckte und nickte schließlich. Als der Arzt die Untersuchung beendet hatte, wandte er sich seinem ledernen Koffer zu. »Sie bekommen ein wenig Laudanum, damit Sie besser einschlafen können. Glücklicherweise haben Sie sich nichts gebrochen, aber ich vermute, der Schock wird Ihnen noch tief in den Knochen sitzen.«

»E-es war dunkel und plötzlich vernahm ich ein Wiehern …« Sie rieb sich über die Schläfen, als würde sie angestrengt nachdenken. »Wo bin ich überhaupt?«

Heath räusperte sich. »In meinem Stadthaus, Mylady. Ein Pferd ist durchgegangen und hat Sie erwischt. Ich habe Sie hierhergebracht.«

Blankes Entsetzen legte sich wie ein Schatten über ihr Gesicht. »In *Ihr* Stadthaus?«

Heath wandte sich an den Doktor. »Ich danke Ihnen für Ihr rasches Erscheinen. Lassen Sie sich von meiner Köchin einen starken Tee servieren, Sie sind herzlich eingeladen.«

Der Mann verstand den Wink und nickte ihm zu. »Das werde ich. Und Lady Mainsfield sollte sich ein paar Tage schonen.«

»Das wird sie.«

»Ich kann für mich selbst sprechen«, kam es vom Bett.

Erst als der Arzt aus dem Zimmer verschwunden war, fiel Heath auf, wie sehr ihn seine Anwesenheit davor bewahrt hatte, sich mit seinem Mündel auseinanderzusetzen. Er hätte gedacht, dass ihre Bewusstlosigkeit länger andauern würde. »Ich muss im Namen meines guten Freundes um Verzeihung bitten, er hat Sie schlichtweg nicht-«

»Warum haben Sie mich in Ihr Stadthaus gebracht? Meine Schwestern werden sich große Sorgen machen«, unterbrach sie ihn, als hätte sie ihn nicht gehört. Stattdessen schob sie sich nach hinten und brachte sich in eine sitzende Position, die Decke beinahe bis zum Hals gezogen. Ihre Augen waren groß wie Untertassen, das Haar lag offen über ihren Rücken. Sie bot ein völlig anderes Bild als bei ihrer ersten Begegnung. Weicher … verletzlicher.

»Wenn Sie das Starren dann beendet haben, wären Sie wohl so freundlich, meine Frage zu beantworten?« Die ungewohnte Schärfe in ihrer Stimme brachte ihn wieder in die Realität zurück. Er schüttelte kaum merklich den Kopf und zog den Sheratonsessel zum Bett, bevor er sich darauf niederließ.

»Ich wollte Sie versorgt wissen und ich traue niemand anderem als Doktor Montgomery. Sie hätten sich ernsthaft verletzen können.«

Er bemerkte ein Zittern ihrer Finger, als sie die Damastdecke umfasst hielt. Sie hatte ihren Körper leicht zur Seite geneigt, als wolle sie genügend Abstand zwischen sie bringen. Eine wahrlich unangenehme Situation für beide Seiten. »Das war nicht nötig. Nachdem mir nichts fehlt, würde ich gerne nach Hause fahren. Sie sind sicherlich so freundlich, mir eine Kutsche zu Verfügung zu stellen und diese … leidige Sache mit Diskretion zu behandeln.«

Heath strich sich mit den Händen über den Hosenstoff. »Es ist spät, Mylady, und Sie sollten eine Nacht hierbleiben. Sorgen Sie sich nicht, Sie können das Zimmer selbstverständlich versperren.«

Argwohn leuchtete in ihren Augen auf. »Ich fürchte, Sie haben mich nicht verstanden, Mylord. Ich *will* nicht hierbleiben.« Noch ehe das letzte Wort ihre Lippen verlassen hatte, schob sie sich an den Bettrand und schwang die Beine mitsamt Decke nach draußen, während sie den restlichen Teil gegen ihren Oberkörper gepresst hielt. Er sprang auf, griff wie in einem Reflex nach vorn und fasste nach ihren Schultern, als sie Gefahr lief, Richtung Boden zu kippen.

»Das ist … unschicklich. Sie dürfen mich … nicht … du liebe Güte, mir ist schwindelig.« Sie versuchte, mit der Hand Halt an der Matratze zu finden, was Heath dazu veranlasste, sie zu sich zu ziehen. »Herrgott, Weib, halten Sie still! Sie werden noch dafür sorgen, dass wir auf den Boden fallen!«

Er war sich ihrer Nähe durchaus bewusst. Der schwache Geruch von Blumen wehte zu ihm, ein Teil ihrer Haare war nach vorn gefallen und berührte seine Finger. So weich. Du liebe Güte, was war nur in ihn gefahren, dass er von solchen Gedanken verfolgt wurde?

Er trat einen Schritt zurück, nahm eine Hand von ihrer Schulter und griff leicht unter ihr Kinn, um es anzuheben. »Sehen Sie mich an.«

Beinahe trotzig reckte sie ihr Kinn weiter nach oben, Funken glühten in ihren Augen. »Ich bleibe nicht hier! Nicht bei einem Schurken, der mich loswerden will, als sei ich billiger Tand.«

Ehe er es verhindern konnte, machte sie sich von ihm los. Die zu hektische Bewegung führte dazu, dass sie tänzelte und erneut gegen seinen Körper prallte. Er durfte sie nicht berühren. Er sollte sie nicht berühren und doch umfasste er sie mit beiden Armen, als sie gegen ihn gedrückt wurde. Grundgütiger, dieses Weib war stur!

»Sie k-können zurücktreten. Ich komme zurecht!«

»Ja, das sehe ich, Mylady. Ich wusste nicht, dass Sie vorhatten, sich auch mehrere Knochen im Gesicht zu brechen. Der Holzboden ist hart.«

»Wenn mir nur nicht so schwindelig wäre …«

»Ist es denn so schlimm, eine Nacht unter diesem Dach zu verbringen? Ihre Schwestern wurden bereits informiert, dass Sie hier sind.«

Sie gab einen abgehackten Laut von sich, trat vorsichtig einen Schritt zurück und sah zu ihm hinauf. »Sie haben *was*? Um Himmels Willen, meine Schwestern werden zweifellos in die Kutsche steigen.«

Er hob eine Augenbraue. »Sie sind wohlerzogene Damen, ich hoffe doch wohl nicht, dass sie diesen Gedanken verfolgen.«

Sie schloss die Augen, als hätte sie innerlich kapituliert, und stöhnte leise auf. »Lassen Sie mich gehen. Ich kann mich zu Hause auskurieren.«

Als hätte sie erst jetzt bemerkt, dass ihre Hände noch immer an seinem Oberkörper lagen, zog sie sie rasch zurück und presste sie gegen ihr Dekolleté.

Heath räusperte sich. »Setzen Sie sich hin, bitte. Ich möchte Sie nicht die ganze Zeit stützen müssen.«

»Das müssen Sie auch nicht«, zischte sie.

»Wenn ich Sie loslasse, werden Sie zur Seite fallen und sich in der Tat etwas brechen. Setzen Sie sich hin, verdammt noch eins!« Er hasste es, Autorität in seiner Stimme mitschwingen zu lassen, wenn es um Lady Mainsfield ging, aber er sah keine andere Möglichkeit, diese ungewohnt herrische Lady zum Schweigen zu bringen.

Dieses Mal sagte sie nichts, sondern ließ sich wackelig auf dem Bett nieder. Heath atmete erleichtert aus, als die Gefahr gebannt war. »Sie bleiben hier, ich kümmere mich um Ihre Schwestern.«

»Das ist meine Aufgabe«, kam es stoisch zurück.

»Derzeit nicht. Und Sie bleiben hier, daran wird auch Ihr Starrsinn nichts ändern. Ich lasse es nicht zu, dass Ihnen etwas geschieht.«

Sie beäugte ihn aus schmalen Augen. »Seit wann liegt Ihnen mein Wohlergehen am Herzen? Um meinen Wert zu steigern? Ich muss Sie enttäuschen, Mylord, aber für den Heiratsmarkt bin ich zu alt.«

»Sie verwechseln alt mit störrisch.«

»Oh, dann müssen Sie mich wohl bei der Zucht*esel*vereinigung vorstellen.«

Sie fixierten einander wie Raubtiere, und Heath wunderte sich über den Kampfgeist der Lady, wo sie doch einem Unglück gerade noch davongekommen war. Herrgott, ihre Freiheit schien ihr mehr zu bedeuten, als er es vermutet hätte. Angesichts dessen, dass er ein Gentleman war und keiner Frau jemals etwas zuleide getan hatte, gab er ein Seufzen von sich.

»Wir sprechen morgen über die Situation, sind Sie damit einverstanden? Womöglich finden wir eine Lösung, die für beide Parteien annehmbar ist. Beispielsweise, dass Sie sich Ihren Ehemann selbst aussuchen dürfen und ich Ihnen dafür ein Jahr Zeit gewähre.«

Sie umklammerte die Decke, als wäre es der letzte Halt, den sie noch finden konnte. »Wenn Sie zu einem Gespräch auf Augenhöhe bereit sind, werde ich diese Nacht hier verbringen. Nicht gern, versteht sich.«

»Gut, damit wären die Formalitäten geklärt. Ich lasse eine Zofe zu Ihnen bringen.«

Er wartete nicht auf eine Antwort, sondern verschwand so schnell es ging aus dem Zimmer, um seine eigenen Räumlichkeiten aufzusuchen. Bevor er sich um ihre Schwestern kümmerte, brauchte er einen Drink.

Kapitel fünf

Fassungslos blickte Charlotte dem Earl hinterher, auch als sich die Tür zu diesem Zimmer längst geschlossen hatte. Sie konnte, nein, sie *wollte* nicht glauben, dass sie sich in seinem Stadthaus befand. Kurz schloss sie die Augen, um dem Schwindel entgegenzuwirken. Ein Pferd hatte sie beinahe überrannt. Sein Pferd. Er sollte das Reiten aufgeben, wenn er das Tier nicht kontrollieren konnte. Wer wusste, was alles hätte passieren können! Wütend stieß sie ein Schnauben aus, nur um dann ein Stöhnen hinterher zu schieben. In ihrem Kopf pochte es zum Verrückt werden. Langsam ließ sie sich in die weichen Kissen zurücksinken. Sie hielt die Decke immer noch fest vor ihrer Brust umklammert, auch wenn sie wusste, dass der Earl sie durch die geschlossene Tür nicht sehen konnte, doch es gab ihr ein Gefühl von Sicherheit. Zaghaft klopfte es an der Tür.

»Herein«, bat sie und eine ältere Dame streckte ihren Kopf ins Zimmer.

»Mein Name ist Dorothea, Mylord schickt mich.« Sie trat ein, in ihren Händen hielt sie ein Silbertablett mit einer Tasse, etwas Gebäck sowie einer kleinen Flasche. »Ich bringe Ihnen einen wohlschmeckenden Tee, Mylady. Er wird Ihnen die Kälte aus den Gliedern treiben. Doktor Montgomery ließ ein Fläschchen mit Laudanum für Sie hier. Es wird Ihnen gegen die Schmerzen helfen.«

Sie stellte das Tablett auf das kleine Nachtschränkchen neben dem Bett, griff nach der Flasche und schraubte sie auf. Dann träufelte sie die Flüssigkeit auf einen Löffel und führte ihn Charlotte an die Lippen. Artig öffnete sie den Mund und schluckte die Medizin. Angesichts des bitteren Geschmacks nahm sie die dargereichte Teetasse um einiges lieber an, als das Laudanum selbst. Er war nicht zu heiß, sodass sie einen langen Schluck wagte. Das Aroma der Bitterorange vertrieb den widerlichen Nachgeschmack der Medizin. . »Danke, Dorothea.« Die Zofe nahm die Tasse wieder entgegen und stellte sie auf den mit blauen Kornblumen verzierten Untersetzer. Wenn der Earl schon keinen Anstand besaß, dann immerhin Geschmack.

»Wünschen Sie, ein Bad zu nehmen, Mylady?«

Charlotte haderte zwischen Vernunft und Verlangen. Bei dem Gedanken an das wohlig warme Wasser bildete sich eine feine Gänsehaut auf ihren

Unterarmen, dennoch wollte sie hier so wenig wie möglich vom Inventar nutzen. Es war schlimm genug, dass sie die Nacht hier verbringen musste.

»Wenn Sie wünschen, gebe ich dem Wasser eine Rosen- oder Lavendelessenz bei, damit Sie besser schlafen können.«

»Rosen?«, flüsterte Charlotte und spürte ihre kalten Füße mit einem Mal noch deutlicher. Ihr verräterischer Körper wollte scheinbar mit allen Mitteln in die Kupferbadewanne, die in der Mitte des Raumes in den Boden eingelassen war.

Dorothea nickte eifrig. Nun … wenn ein Bad dafür sorgte, dass sie die Nacht durchschlafen konnte, würde sie nicht darauf verzichten. »Also gut.«

Eine halbe Stunde später hatte Dorothea die Wanne mit mehreren Kübeln warmem Wasser gefüllt und einige Tropfen Rosenessenz beigemischt. Ein herrlich blumiger Duft lag in der Luft.

Sie half Charlotte in die Wanne und griff nach dem Schwamm. »Wenn Sie erlauben, Mylady?«

»Natürlich.« Charlotte beugte sich nach vorn, sodass Dorothea ihr den Rücken schrubben konnte. Sie schloss die Augen und genoss die Wärme des Wassers und den Duft, der sie an einen Rosengarten erinnerte. Dennoch wollte Charlotte die Zeit in der Badewanne nicht ungenutzt lassen. Womöglich konnte ihr die Zofe mehr über den Hausherren erzählen.

»Wie lange arbeiten Sie schon für Lord Murray?«

»Ich bin schon seit über fünfundzwanzig Jahren im Dienste der Familie«, antwortete Dorothea. »Ich kenne Lord Murray schon seit er ein kleiner Junge war und lauter Flausen im Kopf gehabt hatte.«

»Tatsächlich?«, entfuhr es Charlotte. »Hatte er als Kind noch keinen Stock verschluckt?« Es war für sie schwer vorstellbar, dass er einmal etwas anderes als ein steifer Mann gewesen war, der zwanghaft versuchte, die Kontrolle zu behalten.

Sie hörte die Zofe leise hinter sich lachen. »Seine Lordschaft war nicht immer so verbissen, wie er es in letzter Zeit vermehrt ist. Er nimmt seine Pflichten sehr ernst. Wenn Sie mich fragen, Mylady, braucht er dringend eine Frau an seiner Seite.«

Charlotte betrachtete, wie die Haut auf ihren Fingerkuppen langsam zu schrumpeln begann. »Ich glaube nicht, dass es eine Frau gibt, die ihn freiwillig heiraten würde«, murmelte sie.

»Gehen Sie nicht zu streng mit ihm ins Gericht, Mylady. Mylord ist ein wahrer Gentleman.« Das sollte glaube, wer wollte.

»Sind Sie verheiratet?«, fragte Charlotte, während Dorothea ihr die Haare wusch.

»Nein, Mylady.«

»Haben Sie es je bereut, nicht geheiratet zu haben?«

Überrascht blickte die Zofe sie an. »Oh, keineswegs, Mylady. Ich würde meine Freiheit für keinen Ehemann der Welt hergeben. Auch wenn man in unserer Zeit nicht von Freiheit im eigentlichen Sinne sprechen kann, aber Sie wissen sicherlich, was ich meine.« Sie zwinkerte mit einem leichten Lächeln auf den Lippen, bevor sie sich augenscheinlich besann, dass sie sich in der Gegenwart einer Lady befand, und die übliche undurchdringliche Maske einer Bediensteten aufsetzte.

»Ich denke, dass ich verstehe, was Sie mir sagen wollen.«

»Erlauben Sie mir, Ihnen aus der Wanne zu helfen«, wechselte Dorothea das Thema. Charlotte ließ sich von ihr hinaushelfen und abtrocknen, bevor sie in Nachthemd und Morgenrock schlüpfte. Sie beobachtete, wie Dorothea eine Klingel aus einer Tasche in ihrer Schürze holte, die sie mit auf das Tablett legte.

»Wenn Sie noch etwas brauchen, zögern Sie nicht, nach mir zu läuten, Mylady. Ich wünsche Ihnen eine angenehme Nacht.« Sie versank in einem Knicks, bevor sie das Zimmer verließ und Charlotte wieder mit ihren Gedanken allein war. Sie nahm noch einen Schluck Tee. Hunger verspürte sie nicht, weshalb sie das Gebäck unbeachtet ließ und sich stattdessen unter der Decke vergrub. Ihr graute vor dem nächsten Morgen, wenn sie ihrem Vormund unter die Augen treten würde. Der Unfall hatte dafür gesorgt, dass sie sich in seinem Haus wiederfand, und gleichzeitig bescherte er ihr die bisher nie dagewesene Möglichkeit, den Earl von seinem Vorhaben abzubringen. Er war bereit, ihr zuzuhören. Hoffentlich war er ein Gentleman, der zu seinem Wort stand und seine

Meinung nicht mit dem ersten Sonnenstrahl der aufgehenden Sonne änderte.

Ein unbekanntes Kribbeln erfüllte sie, als sie daran dachte, wie der Lord sie in seinen Armen gehalten hatte. Es kam ihr falsch vor, doch sie musste zugeben, wie gut sich seine Umarmung angefühlt hatte, wie geborgen und … Nein! Sie wollte nicht an die starken Arme dieses überheblichen und gefühlskalten Mannes denken, der nur im Sinn hatte, sie und ihre Schwestern loszuwerden! Dieser lächerliche Moment der Schwäche rührte sicher von dem Laudanum her. Eine andere Erklärung konnte Charlotte sich nicht vorstellen. Sie lag noch eine Zeit lang wach, wälzte sich unruhig hin und her. Sie mochte es nicht, an einem fremden Ort zu schlafen. Erst als das Laudanum seine Wirkung zeigte, erlaubte sie es sich, sich für einen Moment fern der Sorgen dem Schlaf hinzugeben.

Sie fühlte sich wie in einem Nebel, als sie scheinbar ziellos durch die Korridore des Stadthauses schlich. Ihre Umgebung wirkte unnatürlich verschwommen, es fehlten ihr jegliche Konturen der Wände, der Böden. Dennoch fanden ihre Füße den Weg von allein. Eine Tür öffnete sich, Licht schien ihr entgegen und sie folgte dem Schimmer. Sie stieß mit dem Fuß gegen etwas Hartes, ließ sich in die Wolken fallen und landete auf einem weichen Untergrund. War das der Himmel?

Ein angenehmer Geruch stieg ihr in die Nase. Eine Mischung aus Wald und Rasierwasser … wild, männlich, so voller Freiheit.

»Lady Mainsfield, wachen Sie auf.« Hatte sie sich die Stimme nur eingebildet? Jemand schüttelte sie an den Schultern. »Lady Mainsfield, können Sie mich hören?« Nein, sie war tatsächlich da. Wer sprach denn im Traum mit ihr?

War das der Earl?

»Mylord«, flüsterte sie und seufzte, als Erinnerungen an seine Umarmung in ihr aufstiegen. Auch jetzt spürte sie seine Nähe nur allzu deutlich, die Hitze, die von seinem Körper ausging …

»Lady Charlotte Mainsfield, in Gottes Namen, wachen Sie auf!«

Mit einem Schlag brach die Realität über ihr ein. Der weiche Untergrund verschwand, die Konturen wurden deutlicher. Charlotte fühlte sich, als würde sie gewaltsam aus einem seltsam realen Traum gerissen werden. Der Nebel löste sich auf, stattdessen tauchte ein Gesicht vor ihren Augen auf. Stahlgraue Iriden flackerten im Schein einer Öllampe und blickten sie mit einer Erbostheit an, die ihr eine Gänsehaut bescherte. Sie schrie auf und zog die Decke höher. »Was in aller Welt haben Sie in meinem Bett zu suchen?«

Er riss die Augen auf. »In *Ihrem* Bett?«

Ihr wurde unnatürlich heiß, als sie bemerkte, dass sein Oberkörper nackt war. Sie konnte die Konturen seiner Muskeln ausmachen, ihr Mund wurde trocken. »Natürlich gehört das Bett nicht mir, aber Sie haben es mir doch zur Verfügung gestellt! Mir war nicht bewusst, dass dieses Angebot auch Sie beinhaltet.«

Sein verdutzter Ausdruck verschwand nicht, stattdessen mischte sich etwas Amüsiertes in seinen Blick. »Sie sind hier in meinem Zimmer, in meinem Bett, in meinen Räumlichkeiten.«

Seine Stimme war beherrscht leise, womöglich um die Dienerschaft nicht zu wecken. Die Röte schoss Charlotte in die Wangen, brachte ihren Kopf zum Glühen und das sicher nicht wegen eines Fiebers, als Nachfolge des Unfalls. Sie blickte sich um – das Zimmer war ihr in der Tat nicht bekannt. Grundgütiger, sie lag wirklich neben dem Earl in seinem Bett. »Das war nicht beabsichtigt«, brachte sie bebend über die Lippen.

Er kniff die Augenbrauen zusammen, sodass sie sich beinahe berührten. »Was war nicht beabsichtigt? Dass Sie gern in fremden Betten nächtigen?«

Sie war unfähig, auch nur ein weiteres Wort über die Lippen zu bringen, purzelte in ihrer Hektik von der Matratze und landete unsanft auf dem Dielenboden. Hastig rappelte sie sich auf, verhielt sich dabei alles andere als damenhaft, als sie auf ihr Nachthemd trat und beinahe wieder gefallen wäre. Verwirrt stolperte sie ein paar Schritte zurück. Was machte sie in den privaten Räumen des Lords? Weswegen stand sie mitten in der Nacht … *Oh nein, ich habe es schon wieder getan*, dachte sie entsetzt. Zuletzt hatte sie vor drei Jahren geschlafwandelt, als sie und die Zwillinge bei ihrer Tante Jane übernachtet hatten. Fremde Umgebungen schien sie im Traum immer erkunden zu wollen … und dann fand sie sich heute ausgerechnet im Bett ihres Vormunds wieder! Ihr Blick blieb an seinen Breeches hängen, seinem nackten Oberkörper und den zerzausten Haaren. Er hatte bereits geschlafen! Wie überaus beschämend!

»Mylord, es … es tut mir schrecklich leid … D-Das soll keine A-Ausrede sein, aber ich habe geschlafwandelt.«

Er strampelte mit den Beinen, wuchtete die Decke zur Seite und erhob sich aus dem Bett. Wie von selbst ging sie mehrere Schritte zurück, doch war er näher bei ihr, als ihr lieb war. »Wie viel Laudanum haben Sie eingenommen?«, hakte er nach und hielt ihr die Hand gegen die Stirn.

Charlotte zuckte zurück. Er war ihr viel zu nahe. »Es geht mir gut. V-Verzeihen Sie die Unannehmlichkeiten.« So schnell es ihre Beine zuließen, hastete sie mit wild schlagendem Herz aus dem Zimmer.

»Charlotte!«

Es war das erste Mal, dass er sie mit ihrem Vornamen ansprach. Und sie hoffte inständig, dass es nur ein Versehen gewesen war, denn der Satz, den ihr Herz dabei gemacht hatte, verunsicherte sie zutiefst. Erst als sie in ihren eigenen Räumlichkeiten war, ließ sie sich von ihrer Scham übermannen.

Am nächsten Morgen fühlte sich Charlotte seltsam ausgelaugt und übermüdet. Ihr Kopf schmerzte weiterhin, doch zum Glück nicht mehr so stark wie am Abend zuvor. Sie sah sich nicht in der Verfassung, dem Lord für eine längere Diskussion vor die Augen zu treten, schon gar nicht nach der Peinlichkeit in der vergangenen Nacht. Weshalb es ihr gelegen kam, als Dorothea an die Tür klopfte und ihr das Frühstück auf dem Zimmer servierte. Anschließend brachte sie ihr ein frisches Kleid, von dem Charlotte zu gern wüsste, wessen es war, und half ihr beim Ankleiden und Frisieren. Charlotte strich über den grünen Stoff mit der goldabgesetzten Borte. Das Kleid bestand aus feinster Seide und fühlte sich ausgesprochen gut auf der Haut an. Es hatte sicher ein kleines Vermögen gekostet. Kurz breitete sich ein schlechtes Gewissen in ihr aus, solch ein kostbares Gewand zu tragen, doch es verflog recht schnell, schließlich war es erst die Schuld des Earls gewesen, dass ihr eigenes Kleid nicht mehr zu gebrauchen war. Ihr kam noch ein anderer Gedanke: Wieso verwahrte ein Junggeselle solche Kleider in seinen Truhen auf? Sicher gehörte es einer seiner Geliebten, die er mit Schmuck und teuren Stoffen zu beeindrucken versuchte. Ekel überkam Charlotte und sie hätte sich das Kleid am liebsten wieder ausgezogen. Doch sie traute sich nicht, die Zofe um ein anderes zu bitten.

Nach einem Blick in den Spiegel, zuckte Charlotte kurz zusammen. Sie sah furchtbar aus, die Haut im Gesicht war bleich wie ein Leinentuch, unter ihren Augen schimmerten dunkle Ränder. Kurz überlegte sie, Dorothea zu bitten, ihr kränkliches Aussehen mit Puder zu überdecken, doch sie entschied sich dagegen. Sollte der Earl doch ruhig bemerken, wie schlecht sie aussah, nachdem er sie mit dem Pferd niedergeritten hatte.

»Kommen Sie, Mylady, ich bringe Sie in den grünen Salon. Lord Murray erwartet Sie bereits.«

Schweigend folgte Charlotte ihr durch die Gänge des Anwesens. Es war ein schlichtes Gebäude, verzichtete auf jeglichen Prunk, was sich auch in der Gestaltung der Räumlichkeiten wiederspiegelte. Zu ihrer Verwunderung musste sie feststellen, dass sie mehr … nun ja, einfach mehr erwartet hatte. Hier fehlte eindeutig der Einfluss einer Frau. Ein paar Pflanzen oder Teppiche täten dem Ambiente des Hauses mit Sicherheit gut. Aber was machte sie sich Gedanken um einen Ort, den sie nach heute nie wieder betreten würde.

Der Earl of Murray stand vor dem brennenden Feuer im Kamin, den rechten Arm auf den Sims gestützt, den linken in die Hüfte gestemmt. Sein Auftreten glich wieder dem eines Gentleman, sein dunkles Haar war ordentlich frisiert. Er trug ein dunkelblaues Halstuch zu seinem weißen Hemd und dem dunklen Überrock, passend dazu eine biskuitfarbene, enganliegende Hose, die in Lederstiefeln steckte. Sein Blick war wie in Gedanken versunken auf die Flammen gerichtet, seine Stirn in Falten gelegt. Erweckte er für einen kurzen Moment den Eindruck eines fürsorglichen Mannes, wusste Charlotte es doch besser. Dies bestätigte sich, als Dorothea sich räusperte und ihre Ladyschaft ankündigte. Sofort glätteten sich seine Sorgenfalten und ließen seine Miene zu einer undurchdringbaren Maske erstarren.

»Lady Mainsfield«, sagte er knapp und verbeugte sich steif. »Bitte, setzen Sie sich.«

»Mylord.« Charlotte versank in einem Knicks und kam seiner Aufforderung nur widerstrebend nach. Ihre Wangen brannten. Am liebsten hätte sie sofort das Haus verlassen, doch dieses Gespräch würde über ihre Zukunft und die ihrer Schwestern entscheiden. Sie musste standhaft bleiben. Vielleicht war es ihre letzte Chance. Nach außen hin versuchte Charlotte, sich ihr Unwohlsein nicht anmerken zu lassen. Die stechenden Kopfschmerzen standen in direkter Konkurrenz zu der unangenehmen Nähe des Lords. Doch sie wollte ihm keinen Grund bieten, länger hierzubleiben als nötig.

»Es freut mich, dass Sie den Grünen Salon mithilfe Ihrer Begleitung angefunden haben.«

Sein Kommentar traf sie bis ins Mark, obgleich seine Miene keinen Spott ausdrückte, eher … Neugier. Gut, es wäre wohl zu viel verlangt gewesen, diese Peinlichkeit schlichtweg zu vergessen.

»Ich habe bereits um Verzeihung gebeten, Mylord. In fremden Gebäuden neige ich zum Schlafwandeln. Zu meinem Verdruss hat es letzte Nacht ausgerechnet Ihr Bett erwischt.« Sie wunderte sich selbst über die Stärke in ihrer Stimme, brodelte in ihrem Inneren doch die Scham noch immer vor sich hin.

Seine Miene blieb ausdruckslos, aber sein Blick schien bis in ihre Seele tauchen zu wollen. Wie konnte dieser ungehobelte Kerl nur solch wunderschöne Augen haben, die sie wie magisch anzogen?

»Allerdings bin ich nicht hier, um über meine Verfehlung zu debattieren. Ich wollte Sie darüber in Kenntnis setzen, heute noch zu meiner Verwandtschaft aufzubrechen und würde es bevorzugen, bei Tageslicht zu reisen.«

Er setzte sich ihr gegenüber in einen Lehnsessel, schlug die Beine übereinander und verschränkte die Finger, während er sie fixierte. »So, wollen Sie das?« Der scharfe Unterton war Charlotte nicht entgangen. Sie hatte sich in der vergangenen Nacht in jeder nur erdenklichen Weise zum Gespött gemacht.

Und dennoch kam von ihm kein Wort der Entschuldigung für den Unfall, keine Nachfrage über ihr Wohlbefinden. Charlotte schluckte ihre Entrüstung hinunter. Sie durfte ihn nicht vor den Kopf stoßen, wenn sie ihre Freiheit zurückerlangen wollte. Sie war sich durchaus bewusst, dass sein Entgegenkommen von ihrem derzeitigen Zustand herrührte, an dem er nicht unschuldig war. Und sie entschloss sich, ihr Schlafwandeln nicht weiter zu erwähnen.

»Ich selbst wollte heute aufbrechen«, sagte er leise. »Doch Ihre Anwesenheit als unverheiratete Frau in meinem Anwesen birgt einiges an skandalösem Stoff für die Klatschspalten.«

»Ich möchte Sie nicht aufhalten, Mylord«, begann Charlotte und bemühte sich um eine gerade Haltung. »Sie waren gestern Abend so freundlich, meinen Schwestern und mir die freie Wahl eines Ehemannes zu überlassen. Ich weiß …«

»Mein Zugeständnis betraf allein Sie, Lady Mainsfield, keineswegs Ihre Schwestern.«

Für einen Moment war Charlotte sprachlos. Erst erdreistete er sich, sie zu unterbrechen, und dann offerierte er ihr, dass dieses Angebot nur für sie galt? Wut stieg in ihr auf, vergessen waren die Kopfschmerzen.

»Ich verstehe nicht …«

»Dann lassen Sie es mich erklären. Ihnen traue ich die nötige Kompetenz und Weitsicht zu, doch Ihre Schwestern sind jung. Es wäre unverantwortlich von mir, wenn ich nicht selbst geeignete Ehemänner ausfindig machen würde, bevor sie ihre kindlichen Herzen leichtfertig an einen Hochstapler verlieren.«

»Sie wollen damit ausdrücken, dass meine Schwestern nicht in der Lage sind, über ihre eigene Zukunft zu entscheiden?«

Er hob beschwichtigend die Hand. »Ich möchte nur nicht, dass die Herzen der Damen gebrochen werden und sie sich in eine missliche Lage begeben, aus der es kein Zurück gibt.«

Charlotte musste zugeben, dass seine Absichten durchaus ehrenhaft waren. Er kannte die Zwillinge nicht so gut wie sie und wusste deshalb nicht, wie erwachsen die beiden in den letzten Monaten geworden waren. »Was würden Sie sagen, wenn ich von einer Heirat absehen würde? Ich könnte eine Anstellung als Gouvernante finden, Sie müssten sich nicht länger um mich kümmern.«

Er schüttelte ungehalten den Kopf. »Sie dürfen sich Ihren Ehemann selbst erwählen, alles andere ist indiskutabel. Das Testament Ihres Onkels sieht eindeutig vor, Sie drei zu verheiraten. Ich bin ein Ehrenmann und halte mich an meine Versprechen.«

Schon wieder konnte sie ihm nur Pflichtbewusstsein unterstellen und das machte sie noch wütender, als wenn er ihr als der eiskalte Lord gegenüber trat, den sie ihn ihm sah. Oder sehen wollte.

»Sie reiten mich beinahe nieder und versuchen, mich mit teuren Kleidern zu beeindrucken und falschen Versprechen zu überzeugen? Muss ich erst sterben, bis Sie mir und meinen Schwestern ein zufriedenes Leben gönnen?« Ihre Finger begannen zu zittern und sie versteckte sie in den Falten des Stoffes.

Der Earl überdrehte die Augen. »Ich bitte Sie, seien Sie nicht so melodramatisch.«

»Ich bin melodramatisch?« Charlotte merkte, wie sich ihre Stimme zu heben begann. Sie wollte nicht schreien, doch in ihr tobte eine Wut auf diesen Kerl, der mit ihr machen konnte, wonach es ihm beliebte. »Sie wollen mich und meine Schwestern in Zwangsehen drängen!«

»Vielleicht habe ich ja geeignete Kandidaten gefunden, denen ihre Schwestern augenblicklich verfallen?« Seine Stimme war ebenfalls lauter geworden und im Gegensatz zu ihr konnte er sich nicht länger beherrschen. Er sprang auf und lief mit auf dem Rücken verschränkten Armen im Raum auf und ab, als würde allein ihre Anwesenheit ausreichen, um ihn zu erzürnen.

»Sie sollten sich schämen, meine Schwestern an Trinker und Spieler zu verschachern.« Mit einem Mal war sie ungewöhnlich ruhig. Es war ihr einerlei, was mit ihr selbst geschah. Sollte er sie doch als Wetteinsatz bieten. Doch Alexandra und Ophelia würden ein besseres Los ergattern. Koste es, was es wolle.

Seine Aufgebrachtheit schien mit einem Mal verflogen zu sein. Überrascht blickte er sie an. »Ich weiß nicht, was Sie meinen.«

»Dachten Sie wirklich, Sie können im *Brooks's* nach Ehemännern suchen, ohne dass ich davon erfahre?« Pikiert zog sie eine Augenbraue nach oben. »Haben Sie denn nichts zu Ihrer Verteidigung zu sagen?«

Er straffte die Schultern. »Ich leugne es nicht. Abgesehen davon bin ich Ihnen keine Erklärung schuldig, wie ich gedenke, an passende Ehemänner heranzutreten.«

Charlotte wusste nicht, was der Earl an sich hatte, dass ihre Wortgewandtheit immer dann zum Vorschein trat, wenn er sie herausforderte. »Beinhaltet dieser Plan auch, dass mich potentielle Ehemänner über den Haufen reiten sollen?«

»Die Begegnung mit Lord Sheffield war ein unglücklicher Unfall, er wird sich noch gebührend bei Ihnen entschuldigen.«

Charlotte musste kurz innehalten. Er war es nicht gewesen … Wieso hatte er sie dann darüber im Unklaren gelassen? Er hatte sie nicht niedergeritten, sondern sich ihrer angenommen … Charlotte schluckte den Kloß hinunter, der ihr im Hals steckte. Sie hatte falsch über ihn geurteilt. Es entschuldigte dennoch nicht seine ruppige Art. Charlotte schloss die Augen und holte tief Luft, bevor sie wieder zu dem Earl aufsah. »In der Hautevolee wird über Sie und Ihren … *Freund* nicht nur im positiven Sinne gesprochen. Wollen Sie wirklich den Ruf dreier unschuldiger Frauen ruinieren?«

Für einen Moment starrte er sie einfach nur an. Seine Miene blieb unergründlich und Charlotte war sich sicher, ihn nun vollends verprellt zu haben.

»Ich weiß nicht, was Sie glauben, über meinen Freund zu wissen«, sagte er beherrscht, »es interessiert mich auch nicht. Doch verurteilen Sie mich nicht für das Vergehen eines anderen. Dieser Unfall hätte nicht geschehen dürfen, das gebe ich zu, und ich bedaure zutiefst, was Sie dadurch erleiden mussten. Dennoch war nicht ich der Verschuldner. Ich habe mich augenblicklich darum gekümmert, dass sich ein Arzt Ihrer annimmt und Sie die Nacht ohne Schmerzen verbringen müssen. Ich hoffe, Sie erkennen mein Entgegenkommen als Zeichen der Wertschätzung an, die ich für Sie empfinde.«

Charlotte entfuhr ein Lachen. Schnell hielt sie sich die Hand vor den Mund, aber das Unglück war bereits geschehen. Sie hatte den Earl ausgelacht. Sie ließ die Hand wieder sinken und räusperte sich. »Wertschätzung, Mylord? Ich vermute, dass wir verschiedene Ansichten haben, was dieses Wort betrifft. Und was Ihr Angebot meinerseits anbelangt, maße ich mir nicht an, eine Begünstigung gegenüber meinen Schwestern anzunehmen.«

Er neigte den Kopf zur Seite. »Sind Sie sich sicher? Ich werde dieses Angebot nicht wiederholen.«

Sie zögerte.

»Nun gut, dann bleibt es dabei. Ich werde in absehbarer Zeit zwei geeignete Ehemänner für Ihre Schwestern finden und gebe Ihnen ein Jahr Zeit, dasselbe für sich zu tun. Ruhen Sie sich noch ein wenig aus. Die Kutsche wird Sie bei Einbruch der Nacht nach Hause bringen.«

Charlotte schluckte. Sie musste noch weitere Stunden mit diesem Mann unter einem Dach aushalten, bevor man sie aus dem Anwesen schmuggeln würde wie eine Mätresse des Lords. »Ich danke Ihnen.«

Er nickte. »Da sich meine Abreise nun verzögert, bleibt mir noch ein wenig Zeit, mich geschäftlichen Angelegenheiten zu widmen. Dorothea kann Ihnen die Bibliothek zeigen oder das Gewächshaus. Ich hörte, Sie mögen Blumen. Selbstverständlich nur, wenn Sie es wünschen.«

Wenn Sie es wünschen … Charlotte wünschte sich so einiges, was jedoch weit davon entfernt war, sich zu erfüllen. Die Besichtigung seines Gewächshauses lockte sie, doch sie fühlte sich ungewohnt ermattet und musste akzeptieren, dass dieses Gespräch nicht zu ihren Gunsten ausgegangen war.

»Wenn es Ihnen nichts ausmacht, Mylord, würde ich mich für den Rest des Tages gern in das mir zugewiesene Zimmer zurückziehen.«

»Natürlich. Und Lady Charlotte?«

Was folgte denn nun? »Ja, Mylord?«

Ein nachdenklicher Ausdruck hatte sich auf sein Gesicht gelegt. »Urteilen Sie nicht über Menschen, die Sie nicht kennen. Lord Sheffield hat ein gutes Herz. So gut, dass ich ihn mir als potentiellen Ehemann für Sie vorstellen kann.«

Charlotte schnappte nach Luft, ihre Knie drohten nachzugeben, obgleich sie saß. »Das kann unmöglich Ihr Ernst sein, Mylord!«

»Doch. Denken Sie darüber nach, es gibt wesentlich schlimmere Zeitgenossen als Sheffield. An mehr als einer Vernunftehe ist er nicht interessiert, ebenso wie Sie, nehme ich an. Sie sind die Pragmatische in Ihrer Familie.«

Oh du liebe Güte, was war nur in ihn gefahren? »Wenn Sie den Rat einer pragmatischen Lady annehmen wollen, Mylord: Trinken Sie weniger Scotch, er scheint Ihre Sinne zu vernebeln.«

Kümmern Sie sich nur um Ihre Angelegenheiten, dachte sie verbittert, wohlwissend, was oder besser *wen* er mit *Angelegenheiten* gemeint hatte. Sie stand auf, wirbelte herum und verließ den Salon. Dorothea begleitete sie zurück zu ihrem Zimmer.

»Möchten Sie, dass ich Sie zum Nachmittagstee hole, Mylady?«

»Nein«, ordnete Charlotte an. »Ich wünsche das Zimmer erst zu verlassen, wenn es für mich an der Zeit ist, zu gehen.«

»Sehr wohl, Mylady.«

Erst als sich die Tür hinter ihr geschlossen hatte und Charlotte allein war, atmete sie auf und spürte, wie die Anspannung aus ihrem Körper wich. Gleichzeitig überrollte sie die Erschöpfung, weswegen sie sich auf dem Bett niederließ.

Eine Stunde später klopfte es an der Tür. Dorothea entschuldigte sich für die Störung und teilte ihr mit, dass sich Doktor Montgomery für den späten Nachmittag angekündigt hatte, um noch einmal nach ihr zu sehen. Der Doktor kam pünktlich und die Untersuchung war schnell vorüber. Er konnte nichts Ungewöhnliches feststellen, weswegen er ihr erneut Ruhe verordnete, ansonsten aber nichts zu beanstanden hatte. Charlotte war froh, dass sie wahrlich Glück im Unglück gehabt hatte und der morgigen Reise zu ihrer Tante nichts mehr im Weg stand.

Als sich die ersten roten Strahlen der untergehenden Sonne hinter den Häuserdächern Londons abzeichneten, ließ der Earl nach Charlotte rufen.

»Es ist an der Zeit, sich zu verabschieden, Mylady«, sagte er, als sie den Salon betrat. »Sie sehen noch immer sehr blass aus, wenn Sie mir die Bemerkung erlauben.«

Charlotte reckte trotzig ihr Kinn nach oben. »Aufgrund meiner hellen Haut wirke ich oft etwas kränklich, doch es geht mir gut, Mylord.«

Seine Lippen verzogen sich leicht nach oben, als müsse er ein Schmunzeln unterdrücken. »Sie mögen in mir einen herzlosen Vormund sehen, Mylady, doch glauben Sie mir, dass ich nur Ihr Wohlergehen und das Ihrer Schwestern im Sinn habe.«

»Wenn dem so ist, können Sie es erstaunlich gut verbergen.« Charlotte konnte nicht anders, als ihm die Stirn zu bieten. Sie war keine schüchterne junge Lady mehr und ein wenig erfreute es sie, den Earl zu reizen.

Er seufzte und fuhr sich mit der Hand über das Gesicht. »Vielleicht sollten Sie die Reise zu Ihrer Verwandtschaft noch einmal überdenken. Bleiben Sie in der Stadt und ruhen Sie sich aus. Genießen Sie die ruhigen Feiertage.«

Schon wieder schrieb er ihr vor, was sie zu tun hatte. »Ihre Besorgnis ehrt mich, Mylord, doch ich denke nicht, dass Sie wissen, was für mich am besten ist. Ich werde zu meiner Tante Jane reisen, ob Sie es nun wollen oder nicht.«

»Verflucht, Sie sind ein wahrhaft störrisches Weib! Dann fahren Sie meinetwegen zu Ihrer Tante, doch wenn sich Ihr gesundheitlicher Zustand wieder verschlechtert, sind allein Sie daran schuld.«

Empört schnappte Charlotte nach Luft. »Ich denke, unser Gespräch und Ihr Anstand, der Sie dazu zwingt, mir ein guter Gastgeber zu sein, hat hiermit ein Ende gefunden. Wenn Sie erlauben, werde ich mich nun zur Kutsche begeben, die mich nach Hause bringen wird. Das Kleid werde ich selbstverständlich zurückbringen lassen, damit Sie es Ihrer Geliebten wiedergeben können. Ich wünsche Ihnen frohe Feiertage, Mylord.« *Hoffentlich musste er sie mit einer unausstehlichen Verwandtschaft verbringen!* Sie erhob sich und knickste, bevor sie sich, ohne ihn eines weiteren Blickes zu würdigen, aus dem Salon entfernte. Wenn sie nur daran dachte, dass sie am Abend zuvor seiner Umarmung hinterher getrauert hatte, so verspürte sie jetzt nichts anderes als Entsetzen über sich selbst. Dieser Lord war ein herzloser Mann! Einem eisigen Charakter konnte auch kein hübsches Antlitz entgegen wirken. Sie hoffte, dass er sich eines Tages in einer

Situation wie ihrer befinden würde und merkte, wie es war, von dem Willen anderer Menschen abhängig zu sein.

Mit schnellen Schritten, die sich unter normalen Umständen nicht für eine Lady gehörten, eilte Charlotte die Treppe hinab. Im Foyer wurde sie bereits von Dorothea erwartet, die ihr einen dunklen Umhang um die Schultern legte. Von ihrem eigenen fehlte jede Spur. Sie hatte keine Zeit, die Zofe danach zu fragen. Wahrscheinlich wurde er gewaschen oder längst entsorgt. Es war ihr einerlei, ihre Gedanken richteten sich nur auf ein Ziel: Dieses Haus so schnell es ging zu verlassen und mit ihm ihren gefühlskalten Vormund. Charlotte nahm ihr Retikül entgegen, in dem sich der Schwere nach das Fläschchen Laudanum befand, zog sich die schwere Kapuze über den Kopf, die ihre Identität vor neugierigen Blicken schützen würde. Sie kam sich vor wie eine Verbrecherin, doch man konnte nie sicher sein, wer gerade hinsah, und skandalöse Neuigkeiten verbreiteten sich in der Stadt schneller als einem liebt war. Sie atmete tief ein und stieß die Eingangstür auf. Eisiger Wind wehte ihr entgegen, erste Schneeflocken segelten vom Himmel herab, doch Charlotte nahm sich nicht die Zeit, innezuhalten und diesen Moment zu genießen, wie sie es sonst getan hätte. Zu ihrer Erleichterung stand die Kutsche bereits wartend vor dem Haus. Der Kutscher öffnete die Tür. Mit bibbernden Zähnen ergriff Charlotte seine Hand und ließ sich von ihm in das Gefährt helfen.

Charlotte schenkte der Zofe ein dankbares Lächeln und wickelte sich enger in den Stoff des Umhangs. Sie wagte einen kurzen Blick zurück zum Haus. Lord Murray stand am bodentiefen Fenster des grünen Salons und sah mit starrem Blick zu ihr hinab. Die Tür schloss sich und schnitt die Lady von der Außenwelt ab. Erleichtert atmete sie auf und spürte, wie die erdrückende Last der Anwesenheit des Lords von ihr abfiel. Die Kutsche setzte sich in Bewegung und brachte sie fort von diesem kalten Gemäuer.

Kapitel sechs

Wenn sich Heath nicht Wort für Wort an diese merkwürdige Unterhaltung erinnern würde, liefe er in der Tat Gefahr, an seinem Verstand zu zweifeln.

Lady Charlotte Mainsfield, eine prüde und doch spitzzüngige Person, hatte in *seinem* Bett gelegen. Heath genehmigte sich einen Schluck Brandy und starrte auf die Standuhr, die ihn durch dieses grausame Ticken daran erinnerte, wie ihm die Zeit davonrannte. Er hatte vorgehabt, die drei Damen bis zum Ende des Jahres vermählt, oder zumindest verlobt zu wissen, stattdessen würde er nach Hampshire aufbrechen, mit dem Wissen, dass das neue Jahr nicht weniger sorgenfrei beginnen würde, als das alte geendet hatte.

Nicht nur, dass Lady Charlotte zum Schlafwandeln neigte, nein, sie musste sich ausgerechnet das danebenliegende Zimmer zu ihrer neuen Schlafstätte auserkoren. *Sein* Zimmer. Für einen Moment war er verwirrt gewesen, eine leichte Berührung an seinem

Rücken zu bemerken, aber der anschließende blumige Duft hatte eine weibliche Person verraten. Grundgütiger, sie hatte im Schein der Öllampe zuerst so friedlich ausgesehen, dass er kurz gewillt war, zu behaupten, sie sei ein Engel. Die langen Locken, die weichen vollen Lippen und das sanfte Lächeln, das ihre Mundwinkel leicht nach oben gebogen hatte.

»Zum Teufel«, fluchte er und erhob sich aus dem Sessel, bevor er rastlos auf dem Aubussonteppich auf- und abschritt. Er schimpfte sich ansonsten als rational und besonnen, aber seit er von dieser vermaledeiten Vormundschaft erfahren hatte, blieb kein Stein auf dem anderen. Heath war ohne Schwestern aufgewachsen, der Kontakt mit dem weiblichen Geschlecht beschränkte sich auf lose Affären. Woher in Gottes Namen sollte er wissen, nach welchen Eigenschaften er die Ehemänner aussuchen sollte? Demnach müssten sie blind und taub sein, um diese drei unkonventionellen Damen zu tolerieren.

Er wusste zumindest einen potentiellen Kandidaten. Je länger er darüber nachdachte, umso logischer erschien ihm der Gedanke. Sheffield war sein treuester Freund, auch wenn er sich nach dieser katastrophalen Ehe verloren hatte … aber eine spitzzüngige Lady wäre imstande, ihm wieder zu seinem alten Ich zu verhelfen. Sheffield war ein guter, anständiger Kerl, auch wenn er es seit Monaten hinter einer Maske versteckte. Bei *Tattersall's* hatte er in einem kurzen Moment durchblicken lassen, wie sehr ihm der Verrat das Herz gebrochen hatte. Eine standhafte Frau wie Lady Charlotte vermochte ihm die Sicherheit zu geben, die er dringend benötigte.

Stöhnend stützte er sich am Kaminsims ab und starrte in die Flammen. Aber selbst wenn er Lady Charlotte los war, blieben immer noch die Zwillinge. Womöglich hatte seine Mutter, die Dowager Countess, einen Einfall, wie er sich des Problems entledigen konnte.

Ein Türklopfen riss ihn aus seinen Überlegungen. »Herein«, brummte er und sein Butler erschien. »Lord Sheffield ist angekommen, Mylord.«

Wurde auch Zeit. »Schicken Sie ihn zu mir.«

Geschlagene zwei Stunden, nachdem er den Brief einem Eilboten übergeben hatte, waren vergangen, bis Sheffield die Schwelle zu seinem Haus übertreten hatte.

Der Butler kam daraufhin mit einem sichtlich verkaterten Sheffield zu ihm zurück und schloss die Tür hinter sich. Heath trippelte mit den Fingern am Kaminsims, gefühlt jeder Muskel seines Körpers war angespannt.

»Was kann ich zu dieser unchristlichen Uhrzeit für dich tun?«, fragte Sheffield mit ausgebreiteten Armen. Sein Halstuch war unordentlich gebunden, ein Bein der Breeches war länger als das andere, während seine Haare Heath an eine Vogelscheuche erinnerten.

»Es ist Mittag. Zumindest deinen Humor scheinst du nicht verloren zu haben.« Heath deutete mit dem Kopf auf den Sessel, der vor dem wuchtigen Teakholztisch stand. »Setz dich.«

Die dunklen Ringe unter seinen Augen zeugten von einer schlaflosen Nacht gepaart mit ordentlich Alkohol. Er schien nicht gewillt zu sein, mit Heath zu debattieren, sondern folgte seiner Aufforderung widerstandslos.

»Ist das Erde auf deinen Fingern?«, wollte Heath wissen und umrundete den Schreibtisch, ehe er sich gegen die Tischkante lehnte.

Sheffield gab ein Brummen von sich. »Wusstest du, dass Lady Charlotte Orchideen liebt? Ich habe mich in meinem Gewächshaus umgesehen und tatsächlich ein selteneres Exemplar gefunden, das ich ihr als Zeichen meines schlechten Gewissens überreichen will. Mein Gärtner hat mir versichert, dass diese Dendob … Drendor … Denoblia …«, Sheffield schlug sich fluchend auf den Oberschenkel, »Orchidee ihr eine Freude bereiten wird.«

»Dendrobia?«, schlug Heath übertrieben freundlich vor und erntete einen überraschten Blick.

»Seit wann kennst du dich mit Pflanzen aus?«

»Meine Mutter ist ebenso vernarrt in diese Exoten. Mir wurden die Namen regelrecht in den Kopf geprügelt.«

«Meine hat es bei mir auch versucht, doch merken konnte ich sie mir trotz allem nicht.«

«Aber zurück zu deinem irrwitzigen Einfall: Du willst Lady Charlotte Blumen schenken? Ist dir bewusst, dass, wenn diese Information zu falschen Ohren gelangt, man es als Werben ansehen …«

Noch bevor Heath den Satz zu Ende gesprochen hatte, jagte ein Schauder über seinen Rücken. Er fixierte Sheffield mit zusammengezogenen Brauen, während sich seine Mundwinkel leicht nach oben zogen.

»Heath? Warum zur Hölle siehst du mich an, als bestünde ich aus purem Gold?«, wollte Sheffield misstrauisch wissen und schien auf einen Schlag wacher zu sein.

»Du und Lady Charlotte, der Einfall erscheint mir immer herausragender«, flüsterte Heath und tippte sich mit dem Zeigefinger gegen die Unterlippe. »Zugegeben, ich hatte nicht vor, dich mit einer der drei Ladys zu verkuppeln, aber es wäre ein Zugewinn auf beiden Seiten. Lady Charlotte wäre vermählt und du hättest endlich einen Grund, mit dem sinnlosen Trinken aufzuhören.«

Sheffield riss abwehrend die Hände in die Luft. »Schlag dir das aus dem Kopf. Lady Charlotte ist furchtbar langweilig und als Mauerblümchen bekannt. Ich brauche eine Frau mit Feuer in den Augen.«

Wenn du wüsstest, welches Feuer in dem angeblichen Mauerblümchen lodert, mein Lieber. Natürlich würde Heath diese Worte niemals laut aussprechen, aber er musste sich selbst eingestehen, Lady Charlotte unterschätzt zu haben. Er konnte es sich nicht vorstellen, dass sich ihre jüngeren Schwestern ebenso dagegen wehren würden.

»Du brauchst vorrangig eine Frau, die deinem Leben wieder Sinn einhaucht. Ich denke, dass ihr euch wunderbar ergänzen würdet, zumal ihr beide auf solche Lächerlichkeit wie Liebe keinen Wert legt. Es wäre eine Vernunftehe.«

Sheffield klappte die Kinnlade nach unten. »Heath, das kann unmöglich dein Ernst sein. Ich werde Lady Charlotte diese Orchidee schenken, weil ich mich entschuldigen möchte, und nicht, um sie zu umwerben«, stellte er klar, was Heath nur ein müdes Lächeln kostete.

»Deine letzte Ehe hat dich in einen Menschen verwandelt, der mit dem alten Baron Sheffield nichts mehr gemein hat. Du hast dir schlichtweg die falsche Frau ausgesucht, mein Lieber, aber du erhältst nun die Gelegenheit, es besser zu machen.«

Er sah in seinen Augen, dass er es sich kurz durch den Kopf gehen ließ, ehe er sich schüttelte. »Nein, Murray, einfach nein. Und wenn es sonst nichts gibt, worüber du mit mir reden willst, werde ich jetzt gehen.«

Er stand auf und strich sich über den leicht zerknitterten Gehrock, als hätte er diesen als Polster in seiner Kutsche verwendet.

»Ich begleite dich zu Lady Charlotte.«

Sheffield stöhnte auf. »Es ist unnötig. Der Besuch wird die Höflichkeitsdauer von einer Viertelstunde sicherlich nicht überschreiten.«

»Dennoch.« Heath stieß sich vom Tisch ab und läutete nach seinem Butler. »Ich bin ihr Vormund.«

Deutlich besser gelaunt als am Morgen stieg Heath aus der Kutsche aus, die sie zum Stadthaus der Ladies gebracht hatte. Im Grunde war es nun sein Anwesen, aber er würde es den Damen freundlicherweise gestatten, es weiterhin zu bewohnen.

»Ich fühle mich wie unter der Aufsicht meines damaligen Hauslehrers«, brummte Sheffield und folgte Heath zum Eingangsportal. Eine leichte Schneeschicht hatte sich auf den Steinen und dem Rasen abgelegt, Eisblumen waren an den Fenstern der nicht beheizten Räume zu sehen.

»Ich wollte Lady Charlotte sowieso einen Besuch abstatten, bevor sie zu ihrer Verwandtschaft aufbricht. Doktor Montgomery meinte, dass es auch Tage nach einem Sturz zu einer Verschlechterung des Gesundheitszustandes kommen kann.«

Heath betätigte den wuchtigen Löwenkopftürring. Im Gegensatz zu seinem Butler schien Lady Charlottes Bediensteter keinen Wert auf Eile zu legen. Die Tür öffnete sich erst nach einer geschlagenen Weile.

»Ja, Mylord?« Ein untersetzter Kerl in einer dunkelblauen Livree stand stocksteif in der leicht geöffneten Eingangstür und verzog keine Miene.

»Ich möchte Lady Charlotte sprechen.«

Das Heben seines rechten Mundwinkels war kaum sichtbar, aber Heath meinte, so etwas wie Freude auf seinen Zügen zu erkennen. »Zu meinem Bedauern muss ich Ihnen mitteilen, dass Mylady bereits in den Reisevorbereitungen steckt. Sie wird in weniger als einer halben Stunde auf dem Weg nach Hampshire sein.«

»Gut, dann hat sie bestimmt diese eine halbe Stunde für ihren Vormund übrig.«

Der säuerliche Ausdruck auf dem Gesicht des Butlers bestätigte Heath' Vermutung, dass er seine Herrin vor ihm schützen wollte.

»Wenn Sie mir dann bitte in den Grünen Salon folgen würden, Mylords.« Er ließ sie eintreten und nahm ihnen die Mäntel ab. Sein Blick ruhte etwas länger auf der Orchidee, die Sheffield in der Hand balancierte. Heath sah den Topf jeden Moment am Marmorboden zersplittern, aber sein Freund schaffte es tatsächlich, ihn heil in den Salon zu bringen.

»Wenn Sie kurz warten würden, Mylords.«

Wenig später hörte Heath energische Schritte in der Eingangshalle, gefolgt von unverständlichen Worten, aus denen er Erbostheit vernahm. Die Tür schwang auf und Lady Charlotte erschien. Ihr Auftritt nahm ihm kurz die Luft, Heath war schlichtweg erstaunt. Sie trug nicht mehr dieses hässliche graue Kleid vom Tag ihrer ersten Begegnung, das an eine Kirchenmaus erinnerte. Stattdessen hatte sie sich für ein goldfarbenes Exemplar mit Rüschen entschieden, das ihre Haut strahlen ließ. Es war nicht nur ihre Erscheinung, die ihn faszinierte, sondern das Lodern in ihren Augen, als sie ihn ansah.

»Guten Tag, die Herren. Wie Sie sicherlich wissen, reise ich gleich ab. Wie kann ich Ihnen helfen?«

Sie nickte dem Butler zu und schritt anschließend zu ihnen.

Sheffield schoss vom Sessel hoch und hielt ihr die Orchidee ungeschickt entgegen, sodass Lady Charlottes Hände nach vorn griffen und die wertvolle Pflanze vor dem sicheren Sturz retteten.

»Ich bitte untertänigst um Verzeihung, Mylady, war es doch nicht meine Absicht, Sie niederzureiten. Zu meinem Bedauern ist mein Pferd durchgegangen.«

Heath rechnete bereits damit, dass sie ihm etwas in üblicher Lady Charlotte-Manier entgegenschleudern würde, stattdessen schenkte sie ihm ein Lächeln, das er noch nie an ihr gesehen hatte. So ehrlich, so echt, dass es seine Eingeweide zusammenzog.

»Eine Dendrobia, wie erfreulich. Es ist lange her, dass ich eine Lieferung mit dieser Schönheit erhalten habe. Vielen Dank, Lord Sheffield, es ehrt mich.«

Wie weich ihre Stimme war, mit welch glänzenden Augen sie ihn bedachte. Heath versuchte, den kleinen Stich in seiner Magengegend zu ignorieren. Er war nicht eifersüchtig. Es gab keinen Grund, schließlich hatte er vor, die beiden zu verkuppeln.

Sheffield entspannte sich ein wenig, seine starre Körperhaltung wurde lockerer. »Meine Mutter züchtet Orchideen, ich dachte mir, dieses Exemplar würde Ihnen gefallen, und ich hoffe sehr, dass Sie meine Entschuldigung annehmen.«

Die Weichheit auf ihren Zügen ließ Heath an seinem Verstand zweifeln. Das konnte nicht dieselbe Lady Charlotte sein, die mit ihm debattiert hätte, als hinge ihr Leben davon ab.

»Natürlich, Mylord. Es ist wahrlich ritterlich von Ihnen, mich deshalb aufzusuchen. Dennoch muss ich die beiden Herren leider vertrösten, ich möchte ungern nach Einbruch der Dunkelheit im Gasthof übernachten.«

»Natürlich. Das ist verständlich«, beeilte sich Sheffield zu sagen.

Heath hatte genug von diesem Schauspiel. »Sheffield, würdest du in der Kutsche auf mich warten?« Er sprach es mit einer Autorität in seiner Stimme aus, die ihm augenblicklich einen säuerlichen Ausdruck von Lady Charlotte einbrachte.

Sheffield verabschiedete sich von ihr und verschwand nach draußen, sodass nur sie beide zurückblieben. Heath erhob sich von der Chaiselongue und trat zum Fenster. »Gehe ich richtig in der Annahme, dass Sie sich gut von dem Unfall erholt haben?«

»Ja.«

Lady Charlotte hielt den Topf mit der Orchidee an sich gedrückt, in ihrer Miene spiegelte sich Widerwillen. Sie konnte ihn nicht leiden und er wiederum konnte es ihr nicht verübeln. Dennoch musste sie akzeptieren, dass es der beste Weg war, sie alle schnellstens zu verheiraten.

»Haben Sie über Lord Sheffield nachgedacht?«

Sie stellte den Topf seelenruhig auf dem niedrigen Eichenholztisch ab und kam auf ihn zu, die Schultern durchgestreckt, keinen Funken Angst in ihren Augen. Als sie neben ihn trat, traf die Wintersonne auf ihre Haut, brachte ihre Augen zum Strahlen.

Sie schien die Konfrontation nicht zu scheuen, im Gegenteil, mit jedem Mal, wenn sie aufeinandertrafen, schien sie verbissener zu sein, ihren Kopf durchzusetzen. »Ja, das habe ich. Und auch wenn mich seine Geste rührt, macht es ihn damit nicht zu einem geeigneten Ehemann.«

»Wen wünschen Sie sich als Ehemann?«, kam es schneller über seine Lippen, als sein Kopf seine Zunge davon abhalten konnte.

Sie blinzelte mehrmals und betrachtete ihn unter zusammengezogenen Augenbrauen. »Darf ich das als ernstgemeinte Frage werten?«

»Dürfen Sie.«

Sie räusperte sich und verschränkte die Finger vor ihrer Körpermitte. »Nun, wenn ich jemals heiraten muss, dann einen gütigen Mann, der mir meine Freiheiten lässt. Ein Mann, der nicht dem Alkohol verfallen ist und mich respektvoll behandelt. Ich bin nicht so naiv, zu denken, dass Liebe eine Rolle spielt, Mylord, aber worauf ich bestehe, ist gegenseitiger Respekt. Eine Ehe lässt sich leichter ertragen, wenn sie auf Freundschaft aufgebaut wurde.«

Grundgütiger, Lady Charlotte war noch pragmatischer als er ursprünglich angenommen hatte.

»Sie reden soeben über Lord Sheffield. Ich weiß, dass Sie keine gute Meinung von ihm haben, aber er ist der beste Beweis, was mit einem Menschen geschieht, der bitter enttäuscht wurde.«

Ob aus Scham oder Unwohlsein, vermochte er nicht zu sagen, aber Lady Charlotte senkte den Blick und schien den Teppich näher zu inspizieren. »Womöglich habe ich mich in ihm getäuscht, aber eine gute Tat macht noch keinen guten Mann. Wenn Sie mich nun entschuldigen würden, ich gedenke, abzureisen.«

Heath lehnte sich gegen die Wand und lächelte leicht. »Wenn es das Schicksal so will, werden wir uns in Hampshire wiedersehen, Mylady. Wenn Ihre Tante Lady Jane Allby heißt, könnte man uns demnach als Nachbarn bezeichnen.«

Er beobachtete genau, wie sie auf diese Botschaft reagierte. Nur ein leichtes Zittern ihrer Unterlippe sprach dafür, dass sie sich zurückhielt, ihm etwas entgegenzuschleudern.

»Dann wünsche ich Ihnen einen angenehmen Aufenthalt auf dem Land, Mylord.« Sie versank in einen Knicks und ließ ihn zurück. An der Tür blieb sie kurz stehen. »Und ich glaube nicht an Schicksal.«

Dann verschwand sie aus seinem Blickfeld.

Kapitel sieben

Wenn Charlotte gewusst hätte, dass Lord Murray die Feiertage ebenfalls in Hampshire verbringen würde, hätte sie auf seinen Rat gehört und die Reise zu ihrer Tante abgesagt. Nun war es zu spät.

Wenn Ihre Tante Lady Jane Allby heißt, könnte man uns demnach als Nachbarn bezeichnen. Wie gern hätte sie ihm an den Kopf geworfen, dass ihre Tante demnach wohl mit der schlimmsten Nachbarschaft leben musste, doch sie hatte sich beherrscht. Sie war sich seines durchdringenden Blickes mehr als bewusst gewesen und wollte sich vor ihm nicht die Blöße geben, dass sie diese Nachricht in Schock versetzt hatte. Ursprünglich wollte sie in Hampshire ein paar ruhige Tage verbringen, dann den Rat ihrer Tante einholen. Doch vor allem wollte sie eins: Abstand zu ihrem neuen Vormund gewinnen. Nun würde sich alles schwieriger gestalten als gedacht.

Charlotte machte sich keine großen Hoffnungen, dem Lord aus dem Weg gehen zu können. Der Adel nutzte die Feiertage für gemütliche Zusammentreffen und Weihnachtsbälle. Tante Jane hatte sie bereits vorgewarnt, dass sie für zwei Bälle eine Einladung erhalten hatten. Charlotte bezweifelte, bei solchen gesellschaftlichen Anlässen nicht auch auf den Earl zu treffen.

Ein leises Klopfen an der Tür riss sie aus ihren Gedanken.

»Herein.«

Die Tür öffnete sich und Anna trat ein. »Die Kutsche steht bereit, Mylady«, sagte sie. »Ihre Truhe ist bereits verladen.«

»Ich komme.« Charlotte legte sich einen dunkelroten Umhang über die Schultern, der ihr goldenes Kleid einhüllte. Das Kleid hatte ihrer Mutter gehört und Charlotte fand es nur angebracht, es zu tragen, wenn sie ihre Tante besuchte, die die Schwester ihrer Mutter war. Ihr Herz wurde schwer, als sie an ihre verstorbenen Eltern dachte. Onkel James hatte die drei jungen Frauen ebenso frühzeitig verlassen. Auch wenn Charlotte und der Earl of Murray ihre Differenzen miteinander hatten, so hoffte sie doch, dass er die Vormundschaft lange überleben würde. Sie schüttelte den Kopf, um ihre lächerlichen Fantasien zu vertreiben, und straffte die Schultern. Sie musste stark bleiben. Für sich und die Zwillinge.

In der Eingangshalle warteten Ophelia und Alexandra bereits darauf, sie zu verabschieden, genauso wie Mr. Froggs. Charlotte nahm ihre Schwestern in den Arm und als Alexandra sich eine Träne aus dem Gesicht wischte, überkam auch die Ältere ein Gefühl von Wehmut. Sie waren noch nie für mehrere Tage getrennt gewesen.

»Seid nicht traurig. Nach Weihnachten bin ich zurück und bringe euch Neuigkeiten von Tante Jane mit. Mrs. Malcolm wird sich in der Zeit um euch kümmern.«

»Wir brauchen keine Gouvernante, die uns herumkommandiert«, protestierte Ophelia, wobei sie ein kleines Lächeln nicht verbergen konnte. Mrs. Malcolm hatte immer auf die Mainsfield-Schwestern geachtet, wenn Onkel James auf einer Expedition war, und sich gut um sie gekümmert. Hinter ihrer strengen Miene steckte ein weicher Kern und die Zwillinge wussten nur zu gut, wie sie die ältere Dame um den Finger wickeln konnten.

Charlotte lächelte und tätschelte Ophelia die Wange. »Benehmt euch und hört auf das, was Mrs. Malcolm euch sagt.« Sie wandte sich zum Gehen, als ihr Blick durch die halb geöffnete Tür in den Salon auf die Dendrobia fiel, die Lord Sheffield ihr als Widergutmachung geschenkt hatte. Sie empfand Freude beim Anblick dieser Schönheit und auch ein schlechtes Gewissen über ihre ablehnende Haltung gegenüber dem Lord. Aber nein, es brauchte schon mehr als eine

Blume, um sie von seinem aufrichtigen Charakter überzeugen zu können.

»Mr. Froggs, bitte kümmern Sie sich darum, dass der Gärtner die Orchidee ins Gewächshaus bringt und sie gut behandelt. Sie ist äußerst selten und ich möchte sie noch bewundern, wenn ich wieder zurückkomme.«

Der Butler nickte. »Sehr wohl, Mylady.«

Charlotte warf ihren Schwestern einen letzten, liebevollen Blick zu, bevor sie das Haus verließ und in die Kälte trat. Der Kutscher, Mr. Brown, saß bereits auf dem Bock, die Zügel fest in der Hand. Die beiden Pferde scharrten mit den Hufen. Sie alle machten den Eindruck, als könnten sie die Abreise kaum erwarten. Im Gegensatz zu Charlotte, die sich am liebsten wieder auf ihr Zimmer zurückgezogen hätte. Die Truhe mit ihrem Gepäck war auf dem Dach der Kutsche befestigt worden und Mr. Froggs öffnete einladend die Seitentür. Charlotte ließ sich von ihm in das Gefährt helfen, ihre Zofe Anna folgte ihr mit einer Kohlenpfanne, die sie zu ihren Füßen abstellte. Es war merklich kalt geworden, doch die wenigen Schneeflocken in der vergangenen Nacht hatten sich wieder aufgelöst. Charlotte hoffte, dass der richtige Schneefall warten würde, bis sie sicher bei ihrer Tante angekommen waren.

»Warte, Charlotte«, rief Alexandra und stürmte ins Haus. Wenige Sekunden später kam sie mit einer Decke zurück, die sie ihrer Schwester auf den Schoß legte. »Du sollst dich über die Feiertage doch nicht erkälten.«

Die Ältere gab ihr einen Abschiedskuss auf die Stirn und wies Mr. Froggs mit einem Kopfnicken an, die Tür zu schließen. Mit einem Ruck setzte sich die Kutsche in Bewegung und Charlotte winkte ihren Schwestern ein letztes Mal zu, bevor sie die Vorhänge vor die Fenster zog, um die kalte Luft auszusperren.

»Hoffentlich kommen wir ohne Vorkommnisse in Hampshire an und das Wetter bereitet uns keine Schwierigkeiten«, murmelte Charlotte und breitete die Decke über ihrem Rock aus.

»Es wird schon alles gut gehen, Mylady«, versuchte Anna, ihr Mut zuzusprechen. »Mrs. Giggles hat uns einen Korb mit ihren letzten Butterküchlein und noch ein paar anderen Leckereien mitgegeben.«

Charlotte lächelte zufrieden. Auf ihre Köchin war Verlass und im Gegensatz zu einem gewissen Lord, wusste sie diese Küchlein sehr zu schätzen. Sie vergötterte sie gerade zu.

Die meiste Zeit dieser holprigen Fahrt verbrachten die beiden Frauen schweigend. Ab und an schob Charlotte den Vorhang ein Stück zur Seite, um die vorbeifliegende Landschaft zu betrachten. Ein Stück des Weges fuhren sie entlang der Themse, als Charlotte bemerkte, wie es wieder zu schneien begann. Je mehr sie das triste Grau der Stadt hinter sich ließen, desto mehr tauchten sie ein in das Grün und Braun der Bäume und sogleich hatte Charlotte das Gefühl, endlich aufatmen zu können. Sie liebte das Stadtleben, das stand außer Frage, doch auf dem Land schien die Zeit langsamer zu vergehen. Alles war ruhiger und sorgloser, im Gegensatz zur Hektik der Londoner Gesellschaft. Einfach weniger erdrückend.

Eine dünne weiße Schicht legte sich über den Landstrich. Charlotte zog den Vorhang wieder zu. Wenn es weiterhin so schneite, würden sie die Nacht in einem Gasthof verbringen müssen. Hoffentlich verdichtete sich der Schnee nicht zu einem Sturm. Sie würde nur ungern mit anderen Reisenden in einem ihr fremden Haus eingeschlossen werden. Vor allem weil die Gefahr bestand, dass sie wieder schlafwandeln würde …

Unwillkürlich musste sie an jene Nacht zurückdenken, in der sie bei Tante Jane schlafend durch das Haus gewandelt war. Damals war sie wesentlich weiter gelaufen als im Anwesen des Earls. Der Butler hatte sie am nächsten Morgen in den Ställen gefunden, das Haar voller Stroh. Die Zwillinge hatten sie tagelang damit aufgezogen. Bisher empfand Charlotte dieses Erlebnis als das peinlichste in ihrem Leben. Bis sie sich im Bett von Heath Andrews wiedergefunden hatte. Einem Mädchen mochte man diesen nächtlichen Spaziergang als Albernheit durchgehen lassen, aber eine unverheiratete Lady im Bett eines Earls war skandalös.

»Machen Sie sich keine Sorgen, Mylady«, sagte Anna und lächelte aufmunternd. »Wir werden wohlbehalten in Hampshire ankommen.«

Überrascht blickte Charlotte ihre Zofe an. »Wie kommst du darauf, dass ich mir Sorgen mache?«

»Sie haben die Stirn zerfurcht und kneten seit einer halben Stunde Ihre Finger. Es ist offensichtlich, dass Sie etwas bedrückt.«

Charlotte seufzte. »Ich habe meine Schwestern noch nie allein gelassen«, log sie. »Ich hoffe, sie kommen ohne mich zurecht.«

»Das werden Sie, Mylady«, sagte Anna. »Lady Ophelia und Lady Alexandra sind bei Mrs. Malcolm in den besten Händen.«

»Du hast recht, Anna.«

Mit einem Ruck hielt die Kutsche an. Charlotte hörte, wie Mr. Brown vom Kutschbock sprang. Seine Schritte knirschten im Schnee, als er an die Seite der Kutsche trat und gegen die Tür klopfte. »Mylady?«

Charlotte zog den Vorhang beiseite und blickte ihn an. »Ja, Mr. Brown?«

Er hatte zum Schutz vor dem Schnee den Kragen seines Umhangs hochgeschlagen und den Hut, in dessen Krempe sich die weißen Flocken sammelten, tief ins Gesicht gezogen. »Es schneit unaufhörlich, Mylady. Ich schlage vor, einen Gasthof in Basingstoke aufzusuchen, um dort die Nacht zu verbringen und, so Gott will, bis zum Ende des Schneefalls auszuharren.

Morgen früh sind es dann keine sechszehn Meilen mehr bis zum Anwesen von Lady Allby.«

Am liebsten würde Charlotte ihn anweisen, bis zu ihrer Tante weiterzufahren. Doch wenn sie in das vor Kälte gerötete Gesicht des Kutschers schaute und an ihre eigenen kalten Finger dachte, schien ihr der Gasthof eine angenehmere Option zu sein.

»Fahren Sie uns nach Basingstoke, Mr. Brown«, sagte sie. »Ich vertraue darauf, dass Sie uns sicher durch den Schnee bringen.«

Er nickte. »Sehr wohl, Mylady.«

Es begann bereits zu dämmern, als sie das Gasthaus erreichten. Es lag etwas außerhalb der Ortschaft Basingstoke, ein kleines, hübsches Anwesen mit einem Stall für die Pferde und Kutschen im Hinterhof. Das Gebäude war gepflegt und machte den Anschein, als würde es seine Besucher willkommen heißen. Anna ging voran, um ihre Ladyschaft anzukündigen und ein Einzelzimmer für sie zu erfragen, während Mr. Brown die Truhe mit Charlottes Gepäck vom Dach der Kutsche bugsierte. Charlotte hielt kurz inne, ließ den Blick über die verschneite Landschaft schweifen. Schneeflocken landeten sanft auf ihrer Wange. Sie schloss die Augen, um einen tiefen Atemzug der kühlen Luft zu nehmen, bevor sie ihrer Zofe in das Gasthaus folgte. Kaum hatte sie die Tür durchschritten, umfing sie eine wohlige Wärme. Gelächter ertönte aus einem der Zimmer, die vom Flur abgingen, und dessen Tür weit offen stand. Dort musste der Wirtsraum liegen.

»Kommen Sie, Mylday«, sagte Anna und deutete auf die hölzerne Treppe, die in die obere Etage führte. »Ich zeige Ihnen Ihr Zimmer, damit Sie sich frisch machen können. Die Wirtin hat einen Eintopf gekocht, mit dem sie uns nachher verköstigen wird. Wenn Sie möchten, können wir anschließend in den Wirtsraum gehen. Es haben noch andere Herrschaften und Damen Schutz vor dem Schnee gesucht und verbringen die Nacht hier.«

Das Zimmer, in dem Charlotte heute nächtigen würde, war nicht besonders groß und schlicht eingerichtet. Neben einem Bett befand sich in dem Raum auch eine Kommode mit einer Waschschüssel obenauf sowie ein kleiner Sekretär mit einem Stuhl davor. Ein Teppich war vor dem Bett auf die knarzenden Dielen gelegt worden. Es entsprach nicht den Bequemlichkeiten, die Charlotte gewohnt war, doch es reichte vollkommen. Solange sie einen trockenen Platz zum Schlafen hatte, war ihr alles recht. Und es beruhigte sie, dass man die Zimmertür abschließen konnte. So verringerte sich die Wahrscheinlichkeit, dass sie diese Nacht in dem Bett eines anderen Mannes aufwachen würde.

Nachdem Mr. Brown die Truhe neben der Kommode deponiert und die Frauen allein gelassen hatte, um die Pferde zu versorgen, machte Charlotte sich frisch und wechselte das Kleid. Da sie trotz der langen Reise noch keinerlei Müdigkeit verspürte, beschloss sie, zum Essen mit Anna den Wirtsraum aufzusuchen. Sie schritt gerade vom letzten Treppenabsatz, als ein Mann aus eben jenem Raum kam. Er hatte sich halb zurückgewandt, rief: »Herrgott, Sie ziehen mir das letzte Geld aus den Taschen, Watford!« und stieß prompt mit Charlotte zusammen.

»Oh, verzeihen Sie, Mylady. Ich habe nicht darauf geachtet, wo ich hinlaufe. Haben Sie sich verletzt?«

Er ergriff ihren Arm, um sie zu stützen. Ein Kribbeln zog sich durch Charlottes Körper. Sie hielt sich die schmerzende Stirn, dort, wo ihre Köpfe gegen einander geprallt waren. Doch noch mehr als der Schmerz verwirrte sie das schnelle Klopfen ihres Herzens. »Es geht mir gut«, flüsterte sie noch etwas benommen.

»Sind Sie sich sicher?«, entgegnete er und fixierte sie mit einem Blick aus seinen grünen Augen.

Charlotte nickte und rang sich ein Lächeln ab. Er war adrett gekleidet wie ein Gentleman. Seine blonden Haare waren etwas zu kurz für die diesjährige Mode, doch der Schnitt gab seinem weichen Gesicht eine gewisse Stränge, die ihm sonst fehlen würde und wie einen jungen Burschen wirken ließe. Irgendetwas an ihm kam ihr bekannt vor.

Anna räusperte sich. Ihr Blick fiel mahnend auf seine Hand, die noch immer Charlottes Unterarm umschlossen hielt. Sogleich ließ er sie los, als hätte er sich verbrannt. »Wie unhöflich von mir«, sagte er und grinste schief. »Verzeihen Sie, wenn ich frage, aber sind wir uns schon einmal begegnet? Sie kommen mir schrecklich bekannt vor.«

Das bestätigte Charlottes Vermutung. »Sie sind Lord Henry Parker, nicht wahr? Wir kennen uns von meinen Aufenthalten bei meiner Tante Lady Allby.«

Er nickte und Charlotte spürte, wie ihr die Hitze in die Wangen schoss, als er sich vorbeugte und einen Kuss auf ihren Handrücken andeutete. »Tatsächlich, Sie sind Lady Charlotte Mainsfield! Es ist schon eine Weile her, seit wir uns zuletzt sahen. Mittlerweile darf ich mich mit dem Titel Viscount Ranfield rühmen.« Er streckte die Schultern durch und lächelte voller Stolz. »Ich hoffe, Ihnen und Ihren Schwestern ist es in den letzten Jahren gut ergangen?«

Charlotte senkte den Blick. »Leider nicht ganz so gut, wie wir erhofft hätten. Erst vor kurzem ist unser Onkel James von uns gegangen.«

Ranfields Lächeln verschwand und machte einem besorgten Ausdruck Platz. »Er war Ihr Vormund, wie ich hörte. Seien Sie sich gewiss, dass ich tiefes Mitgefühl für Sie empfinde.«

»Ich danke Ihnen, Mylord«, entgegnete Charlotte und straffte die Schultern.

»Ich hoffe, Sie verzeihen mir meine Ungestümheit, Mylady.«

»Machen Sie sich keine Sorgen, Lord Ranfield. Von Männern umgerannt zu werden, gleicht in letzter Zeit schon einer Gewohnheit.«

Entsetzt riss er die Augen auf. »Dann bitte ich noch ausdrücklicher um Verzeihung! Bitte, leisten Sie mir und den anderen Anwesenden Gesellschaft.«

Charlotte schmunzelte. Sie mochte diesen Viscount, seine zuvorkommende und lockere Art war herrlich erfrischend. »Sehr gern, nur würde ich zuvor noch eine warme Mahlzeit zu mir nehmen.«

Er beugte sich vor und zog verschwörerisch die Augenbrauen zusammen. »Die Wirtin scheint über beide Ohren verliebt zu sein«, raunte er. »Ihr Eintopf ist so versalzen wie damals, als ich als junger Bursche versehentlich den ganzen Salztopf in die Suppe gekippt habe …«

Charlotte hielt sich die Hand vor den Mund, um ihr Kichern dahinter zu verbergen. »Vielleicht verzichte ich auf das Essen und begleite Sie direkt, Mylord.« Sie konnte später immer noch die Butterküchlein von Mrs. Giggles essen.

»Nun, eigentlich war ich gerade auf dem Weg in die Küche, um bei der Wirtin mehr Whisky zu erbitten, doch jetzt hat sich die Situation völlig verändert. In Gegenwart einer Lady sollte nicht so viel Alkohol fließen.« Mit ernster Miene reichte er Charlotte seinen Arm. Sie hakte sich bei ihm unter und ließ sich von ihm in den Wirtsraum führen. Dabei überkam sie wieder dieses eigenartige Kribbeln. War es vor Aufregung? Normalerweise hatte sie keine Schwierigkeiten damit, mit fremden Menschen ins Gespräch zu kommen. Wie man an dem Zusammenstoß merken konnte.

Der Raum beherbergte fünf große Tische, an denen jeweils um die sechs Personen Platz gefunden hätten. An der rechten Wand brannte ein wohlig warmes Feuer im Kamin, das ein sanftes Knistern in der Luft verteilte. An einem Tisch saßen bereits drei Herren und eine Dame, die anregend in ein Gespräch vertieft waren. Ansonsten waren keine weiteren Gäste anwesend.

»Setzen Sie sich doch zu uns, Mylady«, sagte Lord Ranfield und trat vor, um ihr einen Stuhl zurecht zu rücken. »Wenn ich vorstellen darf: Lord Watford, Lord und Lady Lingfield und Lord Hayes. Meine Herren und Lady Lingfield, dies ist Lady Charlotte Mainsfield.«

»Ich freue mich, Ihre Bekanntschaft zu machen«, sagte Charlotte. »Bitte, fahren Sie fort, ich wollte Ihre Unterhaltung nicht unterbrechen.«

»Nun, genau genommen, hat Lord Ranfield unser Gespräch unterbrochen«, sagte Lord Watford. Um seine Augen herum legte sich die Haut in tiefe Falten. Das war das einzige Anzeichen dafür, dass er lächelte. Seine Lippen verschwanden gänzlich unter seinem viel zu langen Schnurrbart.

»Ich denke, die Anwesenheit einer jungen Lady ist eine Unterbrechung wert«, brummte Ranfield. Er beugte sich zu Charlotte. »Dieser alte Schlawiner hat bisher jede Runde *Whist* gewonnen, die ich gegen ihn gespielt habe. Da geht etwas nicht mit rechten Dingen zu, sag ich Ihnen. Er schuldet mir nachher noch eine Revanche. Vielleicht sind Sie so freundlich und drücken mir die Daumen? Ich kann es mir nicht leisten, schon wieder zu verlieren, sonst stehe ich morgen vor meiner Familie mit nichts weiter als meiner Hose am Leib.«

»Seien Sie froh«, mischte sich nun auch Lord Lingfield belustigt mit ein, »wenn Sie morgen Ihre Hose noch haben.«

»Sie würden gewinnen, wenn Sie nicht so viel erzählen würden«, brummte Watford und zündete sich eine Pfeife an.

»Was macht eine so schöne Lady wie Sie in Basingstoke?«, fragte Lord Hayes und musterte Charlotte unverhohlen.

Lord Ranfield räusperte sich. »Sie brauchen auf seine Frage nicht zu antworten, Mylady, wenn Sie Ihnen zu persönlich ist. Und nehmen Sie sich vor Lord Hayes in Acht, er hat den Ruf eines Schürzenjägers.«

»Diese Unterstellung nehmen Sie sofort zurück, Ranfield«, entrüstete sich Hayes und nahm einen Schluck Whisky. »Ich bin glücklich mit einem Drachen verheiratet und stolzer Vater zweier Einfaltspinsel. Wenn Sie sich ein Eheweib angeln, werden Sie wissen, was ich meine.« Anscheinend hatte der Alkohol seine Zunge gelockert.

»Ich muss doch sehr bitten«, mischte sich Lady Lingfield empört ein, doch das Lächeln um ihre vollen

Lippen ließ vermuten, dass sie Lord Heyes Gattin kannte und seine Meinung teilte.

»Ist schon gut«, sagte Charlotte amüsiert. »Ich bin auf dem Weg nach Kings Worthy zu meiner Tante Lady Allby.«

»Die gute Lady Jane«, sagte Hayes und lächelte. »Sie ist eine alte Bekannte meiner Gemahlin. Bitte richten Sie Ihr meine herzlichsten Grüße aus.«

»Das werde ich sehr gern«, antwortete Charlotte.

Charlotte und Anna unterhielten sich eine Weile mit den Herrschaften. Als die Bodenstanduhr Mitternacht schlug, verabschiedete Charlotte sich von den Lords und der Lady. »Es ist schon spät, ich werde mich nun zu Bett begeben. Ich danke Ihnen sehr für die nette Gesellschaft und wünsche Ihnen morgen eine angenehme Abreise.«

Ranfield erhob sich und bot ihr erneut den Arm. »Ich begleite Sie zu Ihrem Zimmer.« Charlotte hakte sich bei ihm unter und ließ sich von ihm zu ihrem Zimmer geleiten. Anna folgte ihnen mit einigen Schritten Abstand.

»Die Dowager Countess veranstaltet übermorgen einen Winterball«, sagte Ranfield. »Gehe ich recht in der Annahme, dass Sie auch dort sein werden, Lady Charlotte?«

»Nun, da meine Tante Bälle liebt, werde ich wohl kaum eine Wahl haben.« Sie lachte verlegen.

»Dann bitte ich Sie untertänigst, mich als Erster auf Ihrer Tanzkarte einzutragen.«

»Sehr gern, Mylord.« Zu Charlottes Glück warfen die Kerzenleuchter nur ein dämmriges Licht in den Flur, weswegen Ranfield hoffentlich ihre geröteten Wangen nicht sehen konnte. Sie erreichten Charlottes Zimmer. Sie blieb stehen und löste sich von dem Mann, der ihr sehr sympathisch war. »Ich wünsche Ihnen eine angenehme Nacht.«

Ranfield verschränkte die Arme hinter dem Rücken und verbeugte sich. »Schlafen Sie wohl, Mylady.« Er wandte sich ab und schritt die Treppe wieder hinunter.

Charlotte winkte Anna mit in ihr Zimmer. Sie blickte kurz dem blonden Schopf von Lord Ranfield hinterher, bevor sie die Tür schloss und sich lächelnd zu ihrer Zofe umdrehte.

»Lord Ranfield ist ein äußerst angenehmer Zeitgenosse«, sagte Charlotte und seufzte.

»Und dazu noch wohlhabend und gutaussehend«, bemerkte Anna freudestrahlend. »Und wie es scheint, auch unverheiratet.« Sie trat um ihre Herrin herum, um die Schnüre ihres Kleides zu öffnen.

Charlotte beschloss, Lord Ranfield im Auge zu behalten. Mit ihm ließ es sich viel einfacher reden als mit ihrem verbohrten Vormund. Vielleicht konnte sie sich doch selbst für einen Ehemann entscheiden.

Kapitel acht

Heath hasste das Land.

Im Gegensatz zu vielen Adelsmitgliedern pflegte er nicht, die Wintermonate auf seinem Landsitz zu verweilen, um auf die nächste Saison zu warten. Lediglich im Sommer, wenn es auf den Straßen Londons zu stickig und der Gestank unerträglich wurde, zog er sich zwei, höchstens drei, Wochen nach Hampshire zurück.

Es war schwieriger, von hier aus seine Geschäfte zu führen, und wenn er eines nicht ausstehen konnte, dann, das Zepter an seinen Verwalter abgeben zu müssen. Allerdings hatte er seiner Mutter versprochen, zumindest dieses Jahr zwei Wochen bei ihr zu verbringen. Es war die Langeweile, vor der er sich fürchtete. Heath neigte nicht zu Müßiggang, ganz im Gegensatz zu seiner Mutter, für die es nichts Schöneres gab, als stundenlang zu stricken oder aus dem Fenster in den Garten zu starren.

Mürrisch lehnte er sich zurück und hob den Vorhang des Kutschenfensters leicht an. Weiß. Alles weiß. Er befand sich zweifellos in der Einöde, anders konnte er diese endlosen Weiten nicht bezeichnen. Wenn es nicht zu schneien aufhören würde, liefe er noch Gefahr, länger auf seinem Landsitz festzuhocken als ursprünglich geplant.

Er öffnete die Luke. »Cocksburn, wie lange dauert es noch bis zum Gasthof?«, fragte er seinen Kutscher, der die Krempe seines Hutes tief ins gerötete Gesicht gezogen hatte.

»Noch etwa drei Meilen, M'lord, wir müssen noch den Wald passieren.«

»Wald? Welcher Wald? Ich sehe hier nur Felder.«

Der Kutscher grinste. »Der Ausblick ist hier oben besser.«

Heath schloss die Luke wieder und griff nach seiner mit Brandy gefüllten Taschenflasche. Es war das Eine, auf das Land zu fahren und dort einige Tage zu verbringen, aber etwas völlig anderes, dabei seiner Mutter ausgeliefert zu sein, die ihn ständig nach einer Countess of Murray fragen würde. Er konnte sich ihren vorwurfsvollen Blick bereits ausmalen, wenn er sie erneut vertröstete. Heath wollte nicht heiraten. Zumindest noch nicht. Er wusste, dass es sein Titel verlangte, aber bei Gott, er war noch nicht bereit, sich an eine Frau zu fesseln.

Dass die Kutsche langsamer wurde und schließlich endgültig Halt machte, riss ihn aus seinen Gedanken.

Die Luke öffnete sich erneut und der Kopf des Kutschers erschien in seinem Blickfeld. »Mylord, ich fürchte, es gibt ein Problem. Da vorn steht eine Kutsche, das Rad scheint gebrochen zu sein.«

»Ich hoffe, die Herrschaften haben ein Ersatzrad dabei. Bieten Sie ihnen unsere Hilfe an.«

Er nickte und ließ die Luke wieder einrasten, ehe das Gefährt wieder anfuhr. Heath setzte sich seinen Hut auf und zog das Halstuch etwas höher. Ein Blick aus dem Fenster bestätigte ihm, dass sie den Wald bereits erreicht hatte. Tannen und Fichten reihten sich aneinander, überzogen von einer feinen Schneeschicht. Er wartete, bis die Kutsche wieder stand, ehe er den Verschlag öffnete und nach draußen trat. Es schneite nicht mehr so heftig, wie noch vor einer Stunde, aber es reichte aus, um den Weitblick zu verlieren. Bei solch einem Wetter lief man eher Gefahr, ausgeraubt zu werden.

Eine Kutsche stand am Straßenrand, in Decken eingehüllte Personen lehnten gegen das Gefährt, während ein lautes Schluchzen zu seinen Ohren drang. Heath' Stiefel knirschten, als er über die dünne Schneeschicht stapfte und den Himmel dafür verfluchte, dass er noch immer Flocken zur Erde sandte.

Als er näherkam, erkannte er eine Frau, die von einer anderen umarmt und getröstet wurde, daneben stand ein junger Bursche, der ihn ängstlich beäugte. Er war höchstens zehn, trug einen maßgeschneiderten

Gehrock, während seine Beinchen in Wildlederhosen und Stiefeln steckten. Zweifellos adeliger Herkunft.

»Myladies, was ist passiert?«, fragte Heath, als die beiden Damen in Hörweite waren.

Diejenige, die die Frau festhielt, ließ sie mit einem Mal los und wirbelte herum. Heath blieb abrupt stehen, ihm stockte der Atem. »Lady Charlotte.«

Es dauerte nur einen Wimpernschlag, ehe sich ihr Ausdruck verfinsterte. Ihre Wangen waren stark gerötet, einzelne Strähnen ragten unter ihrem Hut hervor, Schneeflocken hatten sich auf ihrem pelzbesetzten Wollmantel gesammelt und eine feine Schicht hinterlassen. Sie stand noch nicht lange hier.

»Lord Murray«, entgegnete sie knapp, »wie überaus erfreulich, Sie hier anzutreffen. Die Kutsche mit der Lady und ihren beiden Kindern wurde ausgeraubt, wir sind erst vor Kurzem hinzugestoßen.«

Heath blickte sich um, aber er sah nur den Burschen. »Wo ist das zweite Kind?«

»In den Wald gelaufen«, schniefte die Mutter und hielt sich ein spitzenbesetztes Taschentuch gegen die rote Nase. Sie war völlig außer sich, zitterte am ganzen Körper und schien sich auch von Lady Charlotte nicht beruhigen zu lassen. Ihre blonden Haare hingen teilweise lose über ihren Mantel, blaue Augen blickten ihm voller Schmerz entgegen. »Sie wird sich bestimmt verlaufen, sie ist erst sechs. Und es ist doch so furchtbar kalt. Oh, meine arme Missy.«

Ein weiterer Schluchzer drang aus ihrer Kehle und sie ließ den Kopf nach vorn gegen Charlottes Schulter sinken. Deren Gesichtsausdruck wurde unendlich weich, als sie die Frau an sich drückte und beruhigend über ihren Rücken strich.

»Haben Sie Hilfe holen lassen?«, fragte Heath.

»Natürlich. Mein Kutscher und meine Zofe sind auf dem Weg in das nächstgelegene Dorf«, schnarrte Lady Charlotte.

»Sie bleiben hier einfach ohne Schutz zurück?«, brach es aus Heath heraus und er ignorierte die Faust, die sein Herz fest umschloss. »Herrgott, stellen Sie sich vor, da wären noch andere Räuber gewesen. Sie wären leichte Beute.«

»Der Kutscher Ihrer Ladyschaft ist da, Mylord, falls es Ihnen nicht aufgefallen sein sollte«, entgegnete sie knapp.

Heath nahm einen tiefen Atemzug und mahnte sich zur Ruhe. Wie konnte sie nur so ruhig bleiben, wenn sie hier wie ein saftiger Braten auf dem Präsentierteller saß? »Ist Ihnen bewusst, dass Sie sich in große Gefahr begeben haben? Ich sollte Sie einsperren lassen und auf meine vormundschaftlichen Pflichten pochen!«

Warum gingen die Pferde nur derart mit ihm durch? Warum ängstigte ihn der Gedanke, dass Lady Charlotte ebenso das Opfer eines Raubüberfalls hätte sein können? Die Antwort setzte sich in seinem Kopf fest, als sie die Frau losließ und langsam näher kam.

Er sorgte sich um sie. Er konnte den Gedanken nicht ertragen, dass jemand ihr etwas antat.

Ihre schneidende Stimme bohrte sich mitten in sein Herz. »Sie können sich meinetwegen gern in Ihre beheizte Kutsche setzen, aber ich werde diese Familie nicht im Stich lassen. Nachdem nun jemand zur Hilfe geeilt ist – in diesem Fall zu meinem Verdruss eben Sie – werde ich den Fußspuren des Kindes folgen.«

Es war das Feuer in ihren Augen, das ihn reizte. Der unbändige Wille, Gutes zu tun und jemandes Leben zu beschützen. Lady Charlotte war keine gewöhnliche Frau der Oberschicht, die sich unter ihrer Wolldecke verkroch und dabei zusah, wie die Dinge ihren Lauf nahmen. Sie wollte helfen.

»Hat es Ihnen die Sprache verschlagen, Mylord? Gut, dann kann ich davon ausgehen, dass Sie auf die Lady und den Jungen aufpassen, während ich ihre Tochter suche.«

Heath zuckte zusammen. »Ihre Tochter suchen? Sind Sie von allen guten Geistern verlassen? Sie können nicht einfach in den Wald laufen und das Kind suchen.«

Charlotte bedachte ihn mit einem erbosten Blick, der selbst der eisigen Kälte um sie herum Konkurrenz machte. »Ich werde nicht warten, bis die Kutsche in der nächsten Ortschaft ankommt und Verstärkung mitbringt. Bis dahin wird es dunkel und die Chancen, das Kind zu finden, schwinden dahin. Entweder Sie kommen mit oder ich gehe ohne Sie!«

Wie zur Bestätigung ihres Vorhabens hob sie den schweren Rock leicht an und folgte den Fußspuren.

Fluchend wandte sich Heath an seinen Kutscher, der das Geschehen ohne jeglichen Kommentar verfolgt hatte. »Sie bleiben hier und halten die Stellung. Sollten wir in einer Stunde nicht zurück sein, fahren Sie in den nächsten Ort. Dann gibt es sowieso keine Hoffnung mehr für uns.«

Er zog den Gehrock enger um seine Schultern und folgte Charlotte. »Ist Ihnen überhaupt bewusst, dass Sie sich den Tod holen können? Sie sind nicht nur furchtbar stur, sondern auch eine Närrin.«

»Eine kinderliebende Närrin«, verbesserte sie ihn, während sie über den Waldboden balancierte und herabgefallenen Ästen auswich.

»Lassen Sie mich vorgehen, um Himmels willen!« Er wartete nicht auf ihre Antwort, griff nach ihrer Schulter und bremste sie so ab. Charlotte entwich ein entsetzter Laut, sie begann zu torkeln und ehe sie Gefahr lief, nach vorn zu fallen, umfasste Heath sie und drückte sie an sich. »Können Sie sich einen Moment lang nicht in Gefahr begeben? Ich wäre Ihnen überaus dankbar.«

Er ignorierte sein wild pochendes Herz, als er ihren Körper an seinem spürte und den leicht blumigen Duft wahrnahm, der sie umgab. Schneeflocken schmolzen auf seinem Gesicht, er blinzelte gegen die Feuchtigkeit an.

»Es gab keinen Grund, mich festzuhalten, Mylord.«

Schnell ließ er sie los und drängte sich an ihr vorbei, folgte den Fußspuren auf dem Waldboden. »Missy! Komm her, die Räuber sind verschwunden!«, schrie er, aber kein Laut ertönte. Es war so still im Wald, dass es beinahe unheimlich war.

»Sie hat sicherlich furchtbare Angst«, entgegnete Charlotte mit einem bebenden Unterton, der ihn stutzig werden ließ. Sie hatte auch eine fürsorgliche Seite? Scheinbar nicht bei ihm.

»Wir werden sie schon finden«, murrte er. Sie stapften weiter durch den Wald, während die dichten Tannenzweige die meisten Schneeflocken von ihnen fernhielten. Die Kälte fraß sich durch seinen Mantel und erinnerte ihn daran, dass sie die Nacht nicht überleben würden, wenn sie zu spät zu den Kutschen zurückgingen. Genauso wenig brachte er es aber übers Herz, das Kind auf sich allein gestellt zu lassen. Eine Sechsjährige war nicht in der Lage, für sich selbst zu sorgen, geschweige denn, eine Nacht im Freien zu überleben.

»Ist das … eine Hütte?«, fragte Charlotte nach einer Weile, als sich vor ihnen eine Lichtung auftat. Zum Glück schneite es immer noch gemächlich, sodass die Fußspuren noch sichtbar waren, die über offene Fläche führten.

»Sie hat sich bestimmt dort versteckt.«

Heath beschleunigte seine Schritte, sodass die Lady Mühe hatte, ihm zu folgen, aber sie protestierte nicht. Seine Lunge brannte, die Kälte hatte sich auf seinem

Gesicht festgefressen, aber für ihn zählte nur noch, das Kind zu finden.

Heath öffnete die angelehnte Tür und lugte in den Raum. Es war noch hell genug, dass er Genaueres erkennen konnte. Eine Bewegung im Augenwinkel lenkte sein Interesse auf das Bett. Der Raum war schlicht eingerichtet, eine Feuerstelle befand sich neben zwei hohen Regalen, wovon eines mit Büchern belegt war. Ein dicker Perserteppich lag auf dem Holzboden vor dem breiten Bett, das mit Wolldecken bedeckt war.

»Missy? Wir sind Freude deiner Mutter.«

Die Erhebung der Decke ließ darauf schließen, dass sich das Mädchen darunter verkrochen hatte. Charlotte ging an ihm vorbei, Schritt für Schritt, ganz langsam, als hätte sie Sorge, ansonsten ein schreckhaftes Reh davonzujagen.

»Missy, deine Mutter macht sich schreckliche Sorgen. Darf ich zu dir kommen?«

Charlotte wartete vor dem Bett. Es dauerte einige Momente, ehe sich die Decke bewegte und ein blonder Schopf zum Vorschein kam. Heath fühlte Erleichterung in seinen Gliedern, ein Gefühl, das er so nicht kannte. Sie hatten sie gefunden.

»Darf ich mich zu dir setzen?«, fragte Charlotte mit weicher Stimme und das Mädchen nickte zaghaft. Heath schloss die Tür und lehnte sich dagegen. Es war zu spät, um wieder zurückzukehren, sie würden Gefahr laufen, sich in der Dämmerung zu verirren.

»Hast du dir wehgetan?« Charlotte griff nach Missys Hand und strich leicht darüber. Das Mädchen schüttelte den Kopf.

»Aber die bösen Menschen haben *Maman* wehgetan«, schniefte sie.

»Deiner Mutter geht es gut, sie hat nur furchtbare Angst um dich.«

Missy schien Vertrauen zu fassen, denn sie schob sich vorsichtig zu Charlotte und ließ sich von ihr umarmen. Der Blick, den Charlotte Heath schenkte, als sich das Mädchen in ihre Arme warf, ging ihm bis ins Mark.

Es war bereits kurz vor Einbruch der Dunkelheit, als Heath die Hütte umrundete und Feuerholz suchte. Sie brauchten dringend Wärme und Licht, und er hoffte, dass die Kleine bis auf einen Schrecken keine Verletzungen davongetragen hatte. Heath schichtete Scheite auf seinen Arm, ehe er wieder in die Hütte ging und die Tür mit seinem Fuß schloss. Während die beiden eingehüllt in eine große Decke auf dem Bett saßen, entzündete er ein Feuer im Kamin. Es würde dauern, bis es wärmer wurde, aber sie mussten in der Nacht dann immerhin nicht frieren. Das Knistern, als das Stroh zu brennen begann, beruhigte ihn. Er schnappte sich die Öllampe vom Regal und hielt den Docht in die Flammen.

Wenig später wurde der Raum in ein schummriges Licht getaucht.

»Wir können immerhin Tee trinken«, murmelte Charlotte und deutete auf den Stoffbeutel im Regal, der dem Geruch nach offensichtlich schwarze Teeblätter enthielt.

»Ich fürchte, das müssen Sie übernehmen.« Eine galante Formulierung dafür, dass er noch nie in seinem Leben Tee gekocht hatte. Wie gern hätte er nun seine Köchin hier, die selbst aus Nichts irgendetwas zaubern konnte.

»Ich habe vor der Hütte fließendes Wasser entdeckt, Sie müssten mir nur einen Bottich holen«, antwortete Charlotte und rückte vorsichtig von Missy ab, die sich in der kuscheligen Decke vergraben hatte. Ihre blonden Löckchen erinnerten Heath an einen kleinen Engel. Erleichterung durchfuhr ihn, dass sie das Mädchen gefunden hatten.

Charlotte tapste an ihm vorbei und zog einen Topf aus dem Regal.

»Ich hole das Wasser.« Heath ging zu ihr und streckte seine Hände aus. »Es ist kalt draußen.«

»Das weiß ich«, flüsterte sie und ließ langsam los. Für einen Augenblick glaubte Heath, Unsicherheit in ihren Augen zu erkennen. Eine Art von Schwäche, die sich eine Lady wie sie niemals eingestehen würde. Charlotte war stark, stärker als er es für möglich gehalten hatte, und dennoch glaubte er zu wissen, dass auch sie sich nach einer Schulter zum Anlehnen sehnte. Nach jemandem, der sie wie Missy festhielt und ihr das Gefühl gab, nicht allein sein zu müssen.

Sie standen regungslos gegenüber, so viele unausgesprochene Worte hingen zwischen ihnen in der Luft. Heath wollte sich entschuldigen, er wollte völlig irrational den Topf zur Seite legen und Charlotte umarmen, ihren Herzschlag und die Weichheit ihres Haares spüren.

»Ich gehe dann wieder zu Missy«, durchbrach Charlotte mit brüchiger Stimme die Stille zwischen ihnen und wandte sich ab. Der Zauber war verflogen, die Kälte holte ihn wieder ein. Es war das erste Mal, dass er sich nach der Kühle draußen sehnte, seitdem sie die Hütte betreten hatten. Sie würde ihn wieder ins Hier und Jetzt holen. Womöglich sollte er noch ein Eisbad in dieser Quelle nehmen, ehe er wieder zurückkehrte. Rasch verschwand er mit dem Topf nach draußen.

Nach ein paar Stunden hatte sich eine angenehme Wärme in der Hütte ausgebreitet. Charlotte half Missy beim Tee trinken, die vor lauter Müdigkeit kaum die Äuglein offen halten konnte.

»Genug«, murmelte das Mädchen und ließ sich wieder in die Pölster sinken. Charlotte stellte die Tasse auf dem Nachttischchen ab und zog ihr die Decke über den Körper.

»Versuch, ein wenig zu schlafen. Morgen bist du wieder bei deiner Mutter, versprochen.« Sie strich ihr eine Locke aus der Stirn und schlüpfte dann aus dem Bett, ehe sie sich zu Heath gesellte.

Er hatte an dem großen Holztisch neben dem Fenster Platz genommen und wärmte seine Finger an der Tasse.

»Darf ich Ihnen eine Frage stellen?«, wollte Charlotte unverblümt wissen und ließ sich auf dem Stuhl gegenüber von ihm nieder.

»Es wundert mich, dass Sie mich überhaupt darum bitten.«

Sie lächelte schmal. »Tief in meinem Herzen bin ich immer noch eine Lady, auch wenn Sie gern den Teufel in mir wecken.«

Täuschte er sich, oder fand sie langsam Gefallen an seiner Gesellschaft? Auch wenn sie sich ständig in den Haaren lagen, war es genau das, was Heath' Lebensgeister wieder weckte. »Fragen Sie.«

Ihr Blick war unergründlich, als sie den Kopf hob. »Warum sind Sie erst nach den ganzen Monaten zu uns gekommen? Warum nicht gleich nach dem Tod meines Onkels?«

Charlotte hielt die Tasse fest umfasst, als wollte sie daran Halt suchen. Er hätte erwartet, etwas Vorwurfsvolles in ihrem Blick zu finden, aber er hatte sich geirrt.

»Ich habe erst ein paar Wochen vor meinem Besuch bei Ihnen von der Vormundschaft erfahren und wollte, wie ich Ihnen bereits erklärte, die Trauerzeit nicht unterbrechen. Es wäre auch sinnlos gewesen … angesichts Ihrer Feindseligkeit mir gegenüber.«

Sie hob eine Augenbraue. »Meiner Feindseligkeit? Sie verstehen es sicherlich, dass ich nicht verschachert werden will. Sie könnten uns immerhin genügend Zeit geben, selbst passende Ehemänner zu finden. Uns allen.«

Er fuhr mit dem Finger über den Rand der Tasse. »Wir wissen beide, dass Sie es dann lediglich hinauszögern. Sie wollen nicht heiraten, Lady Charlotte, aus welchem Grund auch immer. Dennoch leben wir in einer Welt, in der eine Frau ohne männlichen Schutz zur leichten Beute wird.«

Sie sah nach draußen in die Dunkelheit, einen nachdenklichen Ausdruck auf ihren Zügen. Ihr Profil war weich, stand in hartem Kontrast zu der herrischen Art, die sie in seiner Anwesenheit an den Tag legte. Volle Lippen, eine kleine Stupsnase und lange Wimpern verliehen ihr etwas Sinnliches, auch wenn sie sich dessen vermutlich nicht bewusst war.

»Warum heiraten Sie nicht, Mylord? Immerhin sind Sie um einiges älter als ich.«

Heath schnappte nach Luft. »Ich bin einunddreißig, Mylady, demnach nicht um einiges älter, auch wenn Sie mich gerne als einen Greis einstufen würden.«

Jetzt lächelte sie und es erschien ihm so, als würde die Sonne aufgehen. Kleine Grübchen bildeten sich auf ihren Wangen, ein ungewohnt weicher Zug erschien um ihre Augen. »Sie weichen meiner Frage aus.«

»Sie sind für eine Lady zweifellos neugierig und direkt.«

»Sie weichen schon wieder aus.«

Langsam begann ihm dieser Schlagabtausch zu gefallen. Es kam sehr selten vor, dass er sich in Anwesenheit einer Dame amüsiert hatte, zumindest, was die Konversation anbelangte. Er hatte es satt, über das Wetter zu sprechen. Lady Charlotte war in dieser Hinsicht eine erfrischende Abwechslung, auch wenn diese Eigenart dafür sorgte, dass sie schwerer zu vermitteln war.

»Ich sehe die Zeit für eine Heirat noch nicht gekommen«, antwortete er ehrlich.

»Und Sie denken, dass es bei mir anders ist? Was würden Sie tun, wenn man Sie zu einer Ehe drängen würde?«

Heath lachte leise. »Meine Mutter wird seit Jahren nicht müde zu betonen, dass sie sich eine Countess wünscht. In diesem Falle teilen wir das Leid, nicht wahr?«

»Ich kenne Ihre Mutter nicht, aber ich kann sie jetzt schon gut leiden.«

Stille breitete sich zwischen ihnen aus, während sie den Tee austranken. Das Knistern des Feuers löste ein wohliges Gefühl in Heath aus, und dieser ungeplante Ausflug schien ihn aus seinem üblichen Trott zu holen. Hier waren sie allein, fort von all den Sorgen und Problemen, die sich in der Stadt an ihm festfraßen.

»Wir sollten schlafen gehen«, murmelte Charlotte und stand auf. Sie ging zum Regal, stellte die Tasse ab und legte einen Scheit nach, ehe sie zu Missy ins Bett kroch. Es war sicherlich unbequem, in diesem engen Kleid zu schlafen, aber sie beschwerte sich nicht.

Heath seufzte leise. »Ich schlafe auf dem Boden, Sie können sich im Bett breit machen.«

Charlotte schüttelte den Kopf. »Ich werde Ihnen nicht auch noch die Genugtuung geben, an Ihren darauffolgenden Rückenschmerzen Schuld zu tragen. Missy liegt sowieso zwischen uns, Sie brauchen keine Angst zu haben, dass ich Sie überfallen werde.«

Heath überlegte kurz, aber der Wunsch nach einer halbwegs angenehmen Schlafstätte schob die Gedanken darüber, mit ihr ein Bett zu teilen, zur Seite. Er stand auf, stellte die Tasse neben ihre und kam zum Bett. Missy hatte sich eng an Charlotte gekuschelt, während ihr Daumen in ihrem Mund steckte. Vorsichtig ließ sich Heath auf dem Bett nieder und sah zu Charlotte.

»Danke, dass Sie mir geholfen haben, sie zu finden«, flüsterte sie und es war das erste Mal, dass sie ihn mit einem liebevollen Blick bedachte. Ihre Mimik war entspannt, ein leichtes Lächeln lag auf ihren Lippen, aber es reichte aus, um einen Orkan in seinem Inneren wüten zu lassen.

Als Antwort nickte er lediglich.

»Sehe ich morgen meine Mama wieder?«, fragte die Kleine verschlafen und blickte ihn aus großen Kulleraugen an.

»Ja.«

Es war nur ein Wort, aber es schien dafür zu sorgen, dass sie sich entspannte und die Augen schloss, ehe sie sich an Charlotte kuschelte.

Es war eigenartig, mit ihnen in einem Bett zu liegen, so nah, dass er nur die Hand ausstrecken musste, um Charlotte zu berühren.

»Gute Nacht.«

Er zog die Decke bis zum Hals. »Ich hoffe doch, dass uns das Schlafwandeln erspart bleibt«, witzelte er und erntete im nächsten Moment einen leichten Fußtritt.

»Schämen Sie sich. Ein Gentleman würde eine Lady niemals an ein solches Fehlvergehen erinnern.«

Trotz des gouvernantenhaften Untertons konnte sich Charlotte ein Lächeln scheinbar nicht verkneifen. Er hätte nicht gedacht, dass ein solches Abenteuer dazu beitragen würde, dass sie sich immerhin nicht ständig in den Haaren lagen.

»Auch ein Gentleman darf sich hin und wieder einen Fauxpas erlauben.«

Er lag an die Wand gedrückt, sodass er ein wenig Abstand zu Missy und Charlotte brachte. Es war eigenartig, zu dritt in einem Bett zu liegen, dazu noch mit einem fremden Kind, aber es weckte eine seltsame

Sehnsucht in Heath. Wie es wohl sein würde, seine eigene Familie zu haben? Ein Kind? Zwei Kinder?

Grundgütiger, die Pferde gingen wohl endgültig mit ihm durch. Er hatte nicht vor zu heiraten, auch wenn er sich bestimmt an den Gedanken gewöhnen könnte, Lady Charlotte an seiner Seite zu wissen. Was hatte die Lady nur an sich, das ihn derart zum Grübeln brachte? Verstohlen wagte er einen Blick zu ihr. Sie hatte die Augen geschlossen, ihr Kinn lag auf Missys Kopf, während ihre Hand beschützend auf ihrem Rücken verweilte. Sein Arm war nicht weit entfernt, er bildete sich ein, die Wärme ihrer Fingerspitzen auf seiner Haut zu spüren. Sein Hals wurde unnatürlich trocken. Wie sollte er diese Nacht nur überstehen? Er unterdrückte ein Seufzen und schloss die Augen. Morgen würde er in seinem Himmelbett schlafen. Allein.

Kapitel neun

Es war ein seltsames Gefühl, am nächsten Morgen neben einem fremden Mädchen und ihrem Vormund im Bett aufzuwachen. Die beiden schliefen noch und nachdem Charlotte der kleinen Missy liebevoll eine Strähne aus dem Gesicht gestrichen hatte, erlaubte sie es sich, einen Blick auf den Lord zu werfen. Die dunklen Haare waren ganz zerzaust, sein Gesicht zierte ein entspannter Ausdruck. Er wirkte mit sich selbst im Reinen und die durch die Entspannung geglättete Haut ließ ihn gleich um ein paar Jahre jünger aussehen. Kurz war Charlotte versucht, ihm ebenfalls über das Gesicht zu streichen. Seine Wange unter ihren Fingern zu spüren. Doch sie schalt sich einen Narren und zwang sich zur Beherrschung. Wenn er nur nicht so ein Sturkopf wäre, hätte Charlotte sich möglicherweise ein Leben mit ihm vorstellen können. Sie war ihm sehr dankbar, dass er ihr bei der Suche nach dem Mädchen geholfen hatte. Schon immer war Charlotte vernarrt in

Kinder, weswegen sie es nie als Last empfunden hatte, sich um ihre Schwestern zu kümmern. Sie wünschte sich auch nichts sehnlicher, als selber einmal Mutter zu sein. Doch nur mit einem Ehemann an ihrer Seite, der sie respektierte und der ihr aufrichtig zugetan war. Lord Murray wollte sich ebenso wenig zu einer Heirat zwingen lassen wie sie, das hatte er ihr am vergangenen Abend verraten. Nur würde es ihm niemand vorwerfen, von seiner Mutter abgesehen. Bei Charlotte jedoch, einer Frau, wollte die Gesellschaft ein Wörtchen mitreden. Selbst wenn es Frauen gab, wie ihre Tante Jane, die durchaus in der Lage waren, allein zurecht zu kommen.

Die Schnüre ihres Kleides bohrten sich in ihren Körper. Vorsichtig befreite Charlotte sich von der Decke und stieg langsam aus dem Bett, um Missy und Heath nicht zu wecken. Erleichtert, nicht länger in dieser ungemütlichen Position liegen zu müssen, streckte sie sich und gähnte herzhaft. Anschließend legte sie sich fröstelnd die Arme um ihren Körper. Das Feuer war heruntergebrannt und erloschen, sodass sich die Kälte bereits wieder in der Hütte ausgebreitet hatte. Doch es würde sich nicht lohnen, jetzt noch einmal nach Feuerholz zu suchen und ein neues zu entzünden, würden sie die Hütte sowieso verlassen, wenn alle erwacht waren. Das Kleid drückte unangenehm. Fast hätte Charlotte nach ihrer Zofe gerufen, damit diese die Schnürung lockerte, doch ihr fiel ein, dass Anna bei ihrem Kutscher geblieben war.

Sie warf einen Blick zum Bett und vergewisserte sich, dass ihre Begleiter noch schliefen. Dann reckte sie die Hände an ihren Rücken und fischte nach den Bändern. Sie fing sie ein, zog daran und der Knoten löste sich. Befreit atmete sie auf. Was für eine Wohltat. Sie stutzte. Was Charlotte nicht bedacht hatte, war, dass es zwar einfach war, die Schnürung zu lösen, jedoch schwierig, sie allein wieder festzubinden. Das Oberkleid verrutschte und Charlotte griff nach vorn, um den Stoff an ihre Brust zu drücken. Dass so etwas aber auch immer ihr passieren musste. Mit einer Hand hielt sie das Kleid fest, mit der anderen verrenkte sie sich umständlich.

Ein Räuspern hinter ihr ließ sie herumwirbeln. Heath hatte sich aufgesetzt. Er vermied es höflich, in ihre Richtung zu schauen. »Was machen Sie da?«

»Es ist nicht so … wie es aussieht, Mylord«, stieß sie stockend hervor, holte tief Luft und straffte die Schultern, bevor sie ihm wieder den Rücken zuwandte. »Ich konnte kaum noch atmen und wollte die Schnürung lockern. Wären Sie so freundlich mir behilflich zu sein?«

»Ich?«, fragte er und Charlotte konnte deutlich seinen Widerwillen heraushören.

»Nun, ich würde meine Zofe darum bitten, doch die ist nicht hier«, entgegnete Charlotte leise, um das Mädchen nicht zu wecken. Sie hörte es hinter sich rascheln, als er aus dem Bett stieg, und seine Schritte, als er über den knarzenden Holzboden zu ihr kam.

Behutsam strich er ihr die Haare zur Seite und legte sie über ihre Schulter nach vorn. Sie spürte seine Präsenz nur allzu deutlich, sein warmer Atem, der ihr über den Nacken wehte, und sein Duft nach Moschus. Ein Gefühl der Schwäche überkam sie. Am liebsten hätte sie sich in seine starken Arme geworfen, um ein wenig seiner Wärme zu erhaschen. Charlotte schloss die Augen und bemühte sich um eine kontrollierte Atmung. Seine Finger streiften ihre, als er ihr die Schnüre abnahm, um sie neu zu binden.

Was sie hier taten, verstieß gegen jede Form der Etikette, doch Charlotte hatte keine andere Wahl, wenn sie nicht halbnackt durch den Schnee laufen wollte. Man würde so oder so über sie beide tuscheln und Vermutungen über die Nacht in der Hütte aufstellen. Hitze stieg ihr in die Wangen. Wenn auch nur ein falsches Wort über seine Lippen kommen würde, wäre sie ruiniert. Zum Glück war er ihr Vormund und selbst daran interessiert, ihren Namen rein zu halten.

»Ist es so angenehm?«, ertönte plötzlich seine Stimme, die einen Hauch rauer klang, als gewöhnlich. Löste diese Nähe auch etwas in ihm aus? Charlotte hatte das Gefühl, dass sich seit letzter Nacht etwas zwischen ihnen verändert hatte … Doch sie konnte nicht genau sagen, was es war. Vielleicht bildete sie es sich auch nur wieder ein, und dem Lord war die jetzige Situation einfach nur äußerst unangenehm.

»Ja, vielen Dank, Mylord.« Schnell drehte sie sich zu ihm um, brachte etwas Abstand zwischen sich und schenkte ihm ein unsicheres Lächeln. »Wir sollten Missy wecken und sie ihrer Mutter zurückbringen.«

Er räusperte sich und richtete seine eigene Kleidung, die vom Schlaf ganz zerknittert war. »Sie haben recht. Wir sollten keine Zeit verlieren. Ihre Ladyschaft ist mit Sicherheit ganz außer sich vor Sorge.«

Charlotte setzte sich auf die Bettkante und berührte das Mädchen sanft an den Schultern. »Wach auf, Missy. Wir müssen zurückgehen, bevor es wieder anfängt zu schneien.«

Die Kleine blinzelte sich den Schlaf aus den Augen und reckte sich gähnend. »Gehen wir zu meiner Mama?«, fragte sie.

Charlotte nickte. »Ja.« Kaum hatte sie ausgesprochen, sprang Missy aus dem Bett und griff nach ihrem kleinen Umhang, der achtlos auf dem Boden gelegen hatte. Auch Lord Murray legte sich seinen Gehrock um und Charlotte ihren Mantel. Sie brachten noch schnell etwas Ordnung in die Hütte, damit der Lord, dem sie gehörte, bei der nächsten Jagdsaison keinen Schrecken bekam, und wagten sich anschließend nach draußen. Es schneite nicht mehr, doch die Luft war merklich abgekühlt und eisiger Wind pfiff ihnen um die Ohren. Charlotte nahm Missys Hand, damit der Wind das Mädchen nicht zurückdrängte.

»Wir sollten schnell von der Lichtung verschwinden«, rief Lord Murray und deutete auf den Wald. »Die

Bäume bieten uns Schutz.« Er griff der kleinen Missy unter die Arme, hob sie hoch und bahnte sich einen Weg durch den Schnee. Sogleich kuschelte sich das Mädchen Wärme suchend an ihn. Charlotte folgte seinen Fußstapfen, bis sie den Wald erreichten. Augenblicklich wurde der Wind milder und auch die tosende Geräuschkulisse verstummte. Ohne anzuhalten oder auch nur ein weiteres Wort miteinander zu wechseln, gingen sie tiefer in den Wald hinein.

»Ich hoffe doch, Sie wissen, in welche Richtung wir müssen?«, unterbrach Charlotte das Schweigen, als sie die Orientierung längst verloren hatte. Die Bäume sahen alle gleich aus und sie musste sich eingestehen, dass sie sich ohne den Earl wahrscheinlich verlaufen hätte.

»Ich bin nicht zum ersten Mal in einem Wald unterwegs, Mylady«, entgegnete Lord Murray und schritt ohne zu zögern voran. Das genügte Charlotte. Sie versanken wieder in Stille, bis Missy plötzlich etwas entdeckte.

»Mama«, kreischte sie, sprang von Lord Murrays Armen und rannte los. Charlotte verengte die Augen zu Schlitzen, um besser sehen zu können, und entdeckte in einiger Entfernung tatsächlich drei Kutschen. Eine Frau lief ihnen entgegen, fiel vor Missy auf die Knie und schloss das Kind in ihre Arme. Erleichterung durchflutete Charlotte. Sie hatten es geschafft. Als sie die beiden erreichten, rappelte sich die Frau auf, klopfte sich den Schnee vom Rock und wischte sich die Tränen von den Wangen. »Wie kann ich Ihnen jemals dafür danken, dass Sie mir meine Missy wiedergebracht haben, Mylady und Mylord? Ein Suchtrupp musste wieder umkehren, weil es so furchtbar geschneit hatte. Ich dachte, ich sehe meine Tochter nie wieder«, schniefte sie und drückte das Mädchen an sich.

»Ihre Dankbarkeit reicht vollkommen«, entgegnete Charlotte und schenkte ihr ein sanftes Lächeln. »Es zählt nur, dass die Kleine wieder bei ihrer Mutter ist.« Sie beugte sich hinunter und strich Missy über die Wange. »Versprich mir, dass du nie wieder wegläufst. Sei ein artiges Mädchen.«

Sie nickte eifrig, während sie sich an den Rock der Frau klammerte, als wolle sie ihn nie wieder loslassen.

»Mylady!«, erklang eine bekannte Stimme und Charlotte wandte sich den Kutschen zu. Anna kam ihnen entgegen, auf ihren Armen trug sie mehrere Decken mit sich, die sie sogleich über Charlottes und Heath' Schultern hing. »Gott sei Dank sind Sie beide wohl auf, wir haben uns schreckliche Sorgen gemacht. Als Sie gestern Abend nicht zurückgekehrt sind, haben wir schon das Schlimmste befürchtet. Wir sind gleich heute Morgen wieder los, um Sie zu suchen.«

»Jetzt habt ihr uns gefunden«, sagte Charlotte und wickelte sich enger in die Decke. »Es geht uns allen gut, die Zeit der Sorgen ist vorbei. Ich wünsche mir gerade nichts sehnlicher, als eine wärmende Tasse Tee.«

»Die werden wir alle bei Ihrer Tante Jane bekommen«, verkündete Anna und warf einen fragenden Blick auf den Earl.

Charlotte wandte sich ihm zu. »Ich hoffe doch, dass Sie uns zu meiner Tante begleiten werden, Mylord?« Sie war sich nicht ganz sicher, wie er reagieren würde und noch weniger, was dieses Ereignis zwischen ihnen ausgelöst hatte.

»Bedaure, meine Mutter erwartet mich bereits. Ich kann sie nicht länger vertrösten, ohne mir einen Vortrag von ihr anhören zu müssen.« Er verbeugte sich vor den Damen. »Ich hoffe, der letzte Rest Ihrer Reise verläuft weniger turbulent, Mylady.«

Charlotte konnte ihre Enttäuschung nur mit Mühe verbergen. Sie wusste nicht, was sie sich erhofft hatte, doch sie bedauerte es, dass sich ihre Wege hier trennen würden. Zumindest vorerst. »Das hoffe ich für Sie ebenso, Mylord.« Sie versank in einen Knicks, wartete nicht ab, ob Lord Murray noch etwas sagte, sondern stieg in ihre Kutsche. Kurze Zeit später befanden sie und Anna sich wieder auf dem Weg zu Lady Jane.

❄

»Meine liebe Charlotte, willkommen. Du siehst zauberhaft aus, dafür, dass du die Nacht in einer Jagdhütte verbracht hast.« Lady Jane Allby war keine Frau der Zurückhaltung. Im Gegenteil, sie liebte die direkte Konfrontation mit allem, was ihr gerade vor die Füße fiel. In diesem Fall waren es zwei durchgefrorene Frauen. Ihre Ladyschaft bewohnte ein geräumiges Herrenhaus, welches für sie allein viel zu groß war. Diesen Umstand nutzte sie regelmäßig, um Freunde und Verwandte einzuladen und sogar den ein oder anderen Ball zu veranstalten. Seit ihr Ehemann vor zehn Jahren verstorben war, war kein Augenblick vergangen, in dem sie wirklich einsam gewesen war. Ihr etwas pummeliger Körper steckte in einem ausgefallen gelben Kleid, ihre fast weißen Haare hatte sie zu einem Dutt hochstecken lassen und mit einer kostbaren Spange verziert. Die Falten um ihre Augen vertieften sich, als sie Charlotte mit einem strahlenden Lächeln in ihre Arme schloss.

»Ich danke dir für das Kompliment, Tante«, erwiderte Charlotte und ließ sich von ihr in den Salon führen. Anna blieb zurück, um sich um ihr Gepäck zu kümmern.

»Sieh dich an.« Lady Jane seufzte. »Du bist zu einer reifen Frau herangewachsen. Wenn deine Mutter dich nur sehen könnte …« Sie setzten sich vor das brennenden Feuer im Kamin und Jane reichte ihr eine Tasse mit dampfendem Tee.

»Das ist genau das, was ich jetzt brauche.« Dankbar nahm Charlotte die Tasse entgegen und wärmte ihre Finger daran.

»So, du hast also die Nacht mit deinem Vormund in einer einsamen Hütte verbracht.« Jane beugte sich vor und zog neugierig eine Augenbraue in die Höhe. »Ist

Lord Murray doch gar nicht so ein Schurke, wie du es mir beschrieben hast?«

Charlotte spürte, wie ihre die Hitze in die Wangen schoss, und nahm eilig einen Schluck Tee, um sich hinter der Tasse zu verstecken. »Ich bitte dich, Tante. Wir waren nicht allein, es ist nichts Unanständiges geschehen und das wird es auch nie.«

»Höre ich da Bedauern in deiner Stimme?«

»Herrgott, nein!«, entfuhr es Charlotte panischer als geplant. Sie räusperte sich. »Wir haben das Mädchen gesucht, es gefunden und in der Hütte ausgeharrt. Er ist nach wie vor ein …« Ja, was war er für sie?

»Ein hochnäsiger Earl?«, half Jane ihr grinsend auf die Sprünge. »Ein verschrobener Lord? Ein Vormund, der nichts anderes im Sinn hat, als dich und die Zwillinge zu verschachern? Waren das nicht die Worte, die du in deinem letzten Brief für ihn gewählt hast?« Beschämt blickte Charlotte zu Boden. Hatte sie ihn wirklich so beschrieben?

»Vielleicht ist er nicht ganz so hochmütig, wie ich angenommen hatte«, gab sie kleinlaut zu. »Dennoch hat sich nichts daran geändert, dass er uns loswerden will.«

»Ich denke, du urteilst vorschnell über ihn.« Jane lehnte sich gegen das dicke Polster des Sofas und betrachtete ihre Nichte nachdenklich. »Ich kenne seine Mutter sehr gut, sie ist eine Lady wie sie im Buche steht. Es fällt mir schwer zu glauben, dass ihr Sohn nicht der perfekte Edelmann ist.«

Charlotte spürte ein Kribbeln in sich aufsteigen. Sie wusste nicht genau, ob es an ihrem schlechten Gewissen lag oder an der Tatsache, dass ihre Tante sich gerade für den Earl ausgesprochen hatte. »Eigentlich bin ich hergekommen, um deinen Rat einzuholen, wie wir die Sache mit den Ehemännern für die Zwillinge und mich umgehen können, Tante.«

»Nein, mein Kind«, erwiderte Jane und läutete nach ihrem Butler. »Du bist hergekommen, um mir Gesellschaft während der Feiertage zu leisten. Doch zuerst, wirst du dich etwas ausruhen und frisch machen. Wir sind heute Abend zum Dinner geladen. Anschließend reden wir über diesen Lord Murray.«

Am liebsten hätte Charlotte das Thema sofort besprochen, doch ihre Tante ließ keinen Zweifel daran, dass sie jetzt nicht weiter über fremde Lords reden, sondern viel mehr genießen wollte, ihre Nichte bei sich zu haben.

Kapitel zehn

Als die Kutsche in die Einfahrt des Herrenhauses rollte, wappnete sich Heath für die Begegnung mit seiner Mutter. Eleanore verkörperte nach außen hin zwar die amüsante Dowager Countess, aber er wusste genau, wie vorsichtig man bei ihr sein musste. Und wehe, man verirrte sich dann doch in ihre Gefilde. Er beugte sich nach vorn, griff unter die Bank und tastete die Hohlräume ab.

»Verdammt«, fluchte er. Er hatte letztes Mal vergessen, eine Flasche Brandy hier zu verstecken. Diese Situation würde mit einem kleinen Schwipps um einiges erträglicher sein. Er sah die vorwurfsvolle Miene seiner herrischen Mutter bereits vor sich. Die schmalen Augen, wenn er ihr erklärte, dass er noch immer nicht daran dachte, zu heiraten. So autoritär er sich in London um seine Angelegenheiten kümmerte, so entmannt fühlte er sich hier auf dem Landsitz. Wie hielt man eine Xanthippe unter Kontrolle?

Als die Kutsche vorfuhr, wischte er sich die imaginären Fussel von seinem Frack und überprüfte den Sitz seiner Knöpfe und des Halstuchs. Der Verschlag wurde geöffnet, ein Schwall kalter Luft drang ins Innere. Es fühlte sich noch beißender an, als in London. Mürrisch zog er die Aufschläge seines Fracks höher. Die Dienerschaft hatte sich trotz dieses Wetters vor dem Anwesen versammelt, um ihn zu begrüßen. Geschäftig eilte der Butler auf ihn zu, seine dünnen Haare hielten dem Wind nicht Stand. *Zu wenig Pomade verwendet*, stellte Heath fest.

»Mylord, es ist mir eine Freude. Dürfte ich Sie angesichts dieser kalten Temperaturen sogleich nach drinnen bitten?«

Heath runzelte die Stirn. »Wartet die Dowager Countess dort auf mich?«

Leister, der seiner Familie seit zwei Generationen diente, schüttelte bedauernd den Kopf. »Sie ist zum Nachmittagstee bei Lady Allby eingeladen und lässt ausrichten, dass Sie heute Abend ein Dinner zu Ihren Ehren ausgerufen hat.«

Heath konnte sich ein Augenrollen im letzten Moment verkneifen. Mutter und ihre vermaledeiten Dinner, auf denen sie versuchte, ihn an die örtlichen Damen zu verschachern wie ein Stück Vieh.

»Danke.«

Er folgte dem Butler nach drinnen in das beheizte Gebäude. Die Eingangshalle war umdekoriert worden, stellte er fest, als er ihm Hut und Mantel überreichte, während sich die Dienerschaft wieder auflöste und ihren Aufgaben nachging.

»Hat meine Mutter wieder das gesamte Mobiliar austauschen lassen, Leister?«, fragte Heath pikiert, als ihm der scheußliche Sekretär an der Wand auffiel, auf dem mehrere Blumenvasen platziert waren. Davor lag ein bestimmt sündhaft teurer Perserteppich, dessen grässliches Rot den edlen Marmor verschandelte.

»Ja, Mylord«, gab er räuspernd zurück.

Ein ungutes Gefühl setzte sich in seinem Magen fest. Obgleich das Anwesen ihm gehörte, schien Eleanore zu glauben, dass sie die Hausherrin war … besser gesagt, der Hausdrache. »Ich hoffe doch, dass meine Räumlichkeiten unberührt geblieben sind.«

Leister nickte. »Ich konnte Ihre Ladyschaft davon überzeugen, dass ein roséfarbener Teppich nicht dem Stil Ihres Arbeitszimmers entspricht.«

Grundgütiger … roséfarbener Teppich in seinem schlicht gehaltenen Arbeitszimmer. Sie wollte ihn in der Tat herausfordern und ihre Methoden wurden mit jedem Mal abstruser.

»Auf Sie kann ich zählen, Leister.«

Er bemerkte ein kleines Schmunzeln auf seinen Zügen. »Darf ich Ihnen kleine Happen in Ihren Räumlichkeiten servieren lassen? Bis zum Dinner sind es noch mehrere Stunden.«

Wie auf Kommando begann sein Magen zu grummeln. »Ja, bitte.«

Damit begab er sich über die breit auslaufende Treppe in den ersten Stock. Es fühlte sich merkwürdig an, wieder hier zu sein. Diesen Ort hatte er nie als sein Zuhause angesehen. Es war lediglich die Erinnerung an das, was er vor vielen Jahren verloren hatte. Die Kunst, ehrliche Freude zu empfinden.

❄

Es dämmerte bereits, als Heath sich endlich in seinem Arbeitszimmer niederlassen konnte, um die letzten Monate mit seinem Verwalter zu besprechen. Wie jedes Mal, wenn er auf den Landsitz heimkehrte, wartete ein ausführlicher Bericht von Mr. Angleston auf ihn. Und zu allem Übel würde das Dinner mit seiner Mutter, die noch bei einer Freundin zu Besuch war, gleich darauf folgen.

Heath warf einen Blick auf seine Taschenuhr. Nur noch wenige Minuten, bis der gewissenhafte Mann an der Tür klopfen würde. Er war einer der pünktlichsten Menschen, die Heath kannte. Sein lieber Freund Sheffield könnte sich eine Scheibe davon abschneiden.

Heath trat zum Fenster und blickte hinunter in den beleuchteten Garten. Einzelne Fackeln standen neben dem trocken gelegten Springbrunnen, wenig immergrüne Büsche durchbrachen die weiße Schicht, die sich über dem Boden niedergelassen hatte. So sehr er den Dreck und die beißende Kälter im Winter verabscheute, so beruhigend empfand er die Stille und die weiße Winterlandschaft, die ihm für einen Augenblick Ruhe bescherten. Heath zählte nicht zu jenen Adeligen, die sich weigerten, Verantwortung zu übernehmen, er sorgte dafür, dass sein Gut in seiner Abwesenheit bestens betreut wurde, und holte sich regelmäßig Berichte ein.

Seine Pflicht holte ihn in Form eines Klopfens in die Realität zurück. »Herein.«

George Angleston, ein untersetzter Mann Ende vierzig, betrat den Raum. Er zog den Hut vom Kopf und verneigte sich leicht, was angesichts seiner anhaltenden Rückenschmerzen etwas steif aussah. Obgleich Heath ihm mehrmals versichert hatte, dass er auf diese Geste verzichten konnte, behielt er sie bei.

»Guten Abend, Mylord, es freut mich, Sie hier begrüßen zu dürfen.«

»George, bitte, nehmen Sie Platz«, entgegnete er und deutete auf den hohen Lehnsessel an der gegenüberliegenden Seite des Schreibtisches. Er blickte ihn unter dicken Brillengläsern an und Heath meinte, ein kleines Lächeln unter seinem dichten Bart zu erkennen. »Türlich, Türlich, Mylord. Haben Sie vielen Dank.«

Heath versuchte, sein Entsetzen über den dicken Stapel zu verbergen, den er unter seinen Arm geklemmt hatte. »Wollen Sie das alles heute Abend besprechen? Ich fürchte, dann muss ich das Dinner ausfallen …« Heath hielt inne und dachte über die Bedeutung seiner eigenen Worte nach, ehe sich ein

Lächeln auf seine Züge schlich. »Es ist nicht weiter schlimm, dem Dinner nicht beizuwohnen, wir haben alle Zeit der Welt.«

Als hätte der gute alte George den wahren Grund hinter seinem Eifer augenblicklich erkannt, hob er eine buschige Augenbraue, sodass sie fast seinen Haaransatz berührte. »Ich werde Ihre kostbare Zeit nicht lange in Anspruch nehmen, Mylord. Die meisten Papiere dienen lediglich Ihrer Information, damit Sie auf einen Blick die Erträge dieses Jahres sehen. Es sind nur wenige Punkte zu besprechen.«

Heath ließ sich seufzend auf seinem Sessel nieder und legte die Unterarme auf dem Tisch ab. Mit einem Ächzen platzierte George den Stapel vor seinen Händen und legte den Hut auf dem Tisch ab. Die Schneeflocken waren bereits geschmolzen und hatten einige Tropfen hinterlassen, die hoffentlich nicht auf seinen kostbaren Tisch fallen würden.

»Wollen Sie auch über die Gerüchte informiert werden, die sich hier herumtreiben?«

Heath zögerte kurz. »Gerüchte?«

George hatte sich in den letzten Monaten als äußerst vertrauenswürdige Quelle erwiesen, wenn es darum ging, die Pläne seiner Mutter zu durchschauen. Und auch dieses Mal sagte ihm sein Bauchgefühl, dass es mit ihr zusammenhing.

»Ihr Mündel ist vor wenigen Stunden bei Lady Allby angekommen.«

Erstaunlich, wie schnell sich dieser Umstand im Dorf verbreitet hatte, wenn selbst sein Verwalter davon wusste.

»Was hat das mit Gerüchten zu tun?«

George tippte mit dem Zeigefinger gegen die Tischplatte. »Ich wollte Sie lediglich vorwarnen. Ihre Mutter hat die schrullige Lady Allby zum Dinner eingeladen. Heute.«

Heath riss die Augen auf. »Heute?«

»Nun ja, die Ankunft Ihrer Ladyschaft war für gestern geplant gewesen, weshalb Ihre werte Mutter der Meinung war, dass es angemessen wäre, Sie einen Tag später hier zu begrüßen.«

Heath fuhr sich mit den Händen übers Gesicht und schloss die Augen. Natürlich. Es hätte ihn auch gewundert, wenn sie auch nur eine Gelegenheit auslassen würde, ihn zu verkuppeln.

»Sind Sie sicher, dass wir heute keine stundenlange Besprechung vor uns haben, George?«, wollte Heath gequält wissen und ließ die Hände wieder sinken, ehe er aufstand und das Sideboard anvisierte. Er musste ein ernstes Wörtchen mit seiner Mutter wechseln. »Wollen Sie auch einen?«

Die Augen seines Verwalters leuchteten auf. Gutem französischen Brandy hatte er noch nie widerstehen können. »Gern, Mylord.«

Heath füllte zwei Gläser und ging zurück. Der dicke Teppich dämpfte seine energischen Schritte. Er stellte das Glas neben dem Stapel ab und lehnte sich gegen den Tisch. »Weitere Gerüchte?«

George hielt in der Bewegung inne, einen Schluck zu nehmen. »Lady Allby und Ihre werte Mutter haben eine Wette abgeschlossen, wenn man diesem Gerücht Glauben schenken kann.«

»Und die wäre? Wer sein Stickbild schneller fertiggestellt hat?«

Die Frage kostete George ein Glucksen. »Nein. Wer schneller unter der Haube ist – Sie oder Lady Mainsfield.«

Herrgott, so etwas konnte nur gelangweilten Frauen auf dem Land einfallen. »Nun, dann sollen sie. Ich hoffe, Mutter trauert ihrem Wetteinsatz nicht nach.«

George nahm einen langen Schluck und senkte den Blick, ehe unverständliches Gemurmel folgte.

»Bitte?« Kam es ihm nur so vor, oder war sein Verwalter soeben um mehrere Zoll geschrumpft? Er kratzte sich am Kopf und schien sich in der Tat unbehaglich zu fühlen.

»Nun ja … hier kommen wir dann wohl zum ungemütlichen Teil.«

Heath' Herz machte einen Satz. »Was hat Mutter angestellt?«

George schürzte die Lippen. »Der Wetteinsatz war Ihr Zuchthengst.«

❄

»Mylord, dürfte ich Sie bitten, stillzuhalten?«

Die Stimme seines Kammerdieners hatte einen piepsigen Ton angenommen, als er den empörten Blick seines Herrn im Spiegel bemerkt hatte.

»Würden Sie stillhalten, wenn man Ihren besten Zuchthengst verwetten würde? Herrgott, das darf sie überhaupt nicht! Wie kommt man auf einen solchen Einfall, können Sie mir das erklären?«, schnarrte er und widerstand dem Drang, seine Mutter augenblicklich aufzusuchen, anstatt dieses Dinner abzuwarten. Er konnte ihr vor all den Leuten, die sie sicherlich eingeladen hatte, keine Szene machen.

Die Besprechung mit George hatte er kurz gehalten, zu sehr waren seine Gedanken bei Eleanore.

»Ich habe leider keine Erklärung für das Handeln von Mylady«, gab er trocken zurück und band das Halstuch etwas lockerer, als schien er zu bemerken, dass Heath vor Wut der Hals anschwoll.

»Ich war nur wenige Monate nicht hier, Chester. *Wenige* Monate. Und währenddessen stellt sie mein Haus auf den Kopf und verfällt dem Wetten.«

»Darf ich mir einen Kommentar erlauben, Mylord?«

Heath schnaubte. »Das machen Sie sonst auch ohne Erlaubnis.«

Obgleich sein Kammerdiener zu der Sorte seines Butlers gehörte und Emotionen hinter einer Maske verbarg, entwich ihm ein leichtes Schmunzeln. »Ihre Mutter sucht nach Zeitvertreib, Mylord, nachdem sie ihren Sohn nicht oft zu Gesicht bekommt. Es mag in letzter Zeit … etwas ausgeartet sein.«

Heath kniff die Augenbrauen zusammen. »Was meinen Sie mit ausgeartet? Wegen des Pferdes?«

»Nein, Mylord, Sie hat sich in den Kopf gesetzt, eine Orangerie anbauen zu lassen.«

Sein Puls jagte in die Höhe. »Eine Orangerie? Reicht ihr das Gewächshaus nicht?«

»Das weiß ich leider nicht, Mylord.«

Heath entschied sich spontan dafür, die Unterredung doch auf jetzt zu verschieben. »Sind wir fertig?«

»Ja, Mylord. Sind Sie zufrieden?«

Der Kammerdiener ging vom Spiegel weg und schob ihn etwas näher an Heath heran. Wie immer hatte er außerordentlich saubere Arbeit geleistet. Der Frack saß tadellos, kein Fussel war darauf zu sehen. Das blütenweiße Hemd bildete einen angenehmen Kontrast zu der schwarzen Hose.

»Ja, Sie können gehen, danke.«

Nachdem sein Kammerdiener den Raum verlassen hatte, machte sich Heath auf die Suche nach seiner Mutter. Es dauerte nicht lange, da hörte er ihre einnehmende Stimme im Salon. »Grundgütiger, Sadie, ich sagte, du solltest Plätzchen servieren, keine Küchlein.«

Heath trat ohne anzuklopfen ein und fand seine Mutter wie eine Königin sitzend auf der Ottomane vor. Ihre Haare waren pompös in die Höhe gesteckt worden, als würde sie darauf warten, dass ein Vogel dort sein Nest bezog. Sie trug ein rot-goldenes Kleid, ihr Gesicht war etwas zu bleich gepudert worden.

»Wie schön, dass ich meinen Sohn endlich zu Gesicht bekomme«, lautete ihr Kommentar, als sie den Blick an ihm auf und abgleiten ließ. »Gut siehst du aus.«

»Es freut mich auch, dich zu sehen, Mutter«, entgegnete er mit einem verkrampften Lächeln und gab Sadie mit einem Kopfdeut zu verstehen, dass sie gehen konnte.

Erst dann ging er auf sie zu und sie streckte ihm mit einem grazilen Augenaufschlag die Hand hin, sodass er einen Kuss andeuten konnte. »Wie ich sehe, erfreust du dich bester Gesundheit.«

Er hätte nicht gedacht, dass es ihr eines Tages gelingen würde, pikiert und empört dreinsehen zu können, aber sie schaffte es in der Tat. »Ich lebe noch. Und jetzt nimm Platz, wir haben etwas zu besprechen.«

Heath blieb demonstrativ stehen. »Das haben wir in der Tat, Mutter. Was fällt dir ein, meinen Zuchthengst zu verwetten?«

Seine Stimme war angeschwollen, was scheinbar dafür sorgte, dass sie leicht zusammenzuckte. »Mr. Angleston ist wohl wieder bestens informiert.«

Selbst ein Schwerhöriger hätte die Verachtung in ihrer Stimme bemerkt.

»Er ist ein gewissenhafter Verwalter und ich verbitte mir, dass du in derart herablassenden Ton über ihn sprichst«, knurrte er. »Und was hat es jetzt mit dieser Wette auf sich?«

Sie blinzelte mehrmals. »Ach, ich bitte dich, als ob ich diese Wette verlieren werde. Auch mir wird es noch gelingen, dich loszuwerden. Und Jane hat mir ein Angebot gemacht, das ich nicht ausschlagen konnte.«

Er bemühte sich, äußerlich ruhig zu bleiben, was sich angesichts ihrer herrischen Art mehr als mühsam erwies. »Und das wäre?«

»Na, ihre Zuchtstute. Du weißt doch, dass wir beide Pferdenärrinnen sind.«

»Du kannst nicht etwas verwetten, das dir nicht gehört, Mutter«, echauffierte er sich und bedachte sie mit einem eisigen Blick, der den Temperaturen draußen Konkurrenz machen könnte.

»Ach papperlapapp, du wirst dich noch bei mir bedanken, dass ich dir eine solche Schönheit in den Stall stellen werde. Wie dem auch sei … würdest du mich in den Saal begleiten? Die ersten Gäste sind bereits eingetroffen und ich habe nur noch auf dich gewartet.«

»Auf mich oder die Butterplätzchen?«

Sie vollführte eine entnervte Handbewegung, wodurch der Schmuck an ihrem Handgelenk klirrte. »Ein kleiner Happen vor dem Dinner, damit ich nicht vom Fleisch falle.«

Der Stoff ihres Kleides spannte sich bedrohlich, als sie aufstand. Wie immer in der Weihnachtszeit griff sie liebend gern zu Plätzchen.

»Ich möchte eine Winzigkeit deutlich machen, bevor wir in diesen Saal gehen«, gab Heath mit ungewohnter Schärfe in seiner Stimme von sich. Seine Mutter hob eine dünn gezupfte Braue.

»Ich werde nicht erneut deiner Peinlichkeit ausgesetzt sein, nur, weil du mich liebend gern vermählt sehen willst.«

Sie schnalzte mit der Zunge und stemmte die Hände in die Hüften, weshalb der Stoff an ihrem Dekolleté noch weiter zur Seite gezogen wurde. Herrgott, das würde in einem Desaster enden.

»Es ist nicht peinlich, seinen Sohn an eine liebende Frau vermitteln zu wollen. Würdest du mich nun in den Saal begleiten oder soll ich nach Leister rufen lassen?«

Er fragte sich in der Tat, wie es sein Vater so lange mit ihr ausgehalten hatte. »Über das Pferd sprechen wir noch, Mutter, und den Gedanken mit der Orangerie kannst du sogleich verwerfen. Ich lasse nichts anbauen.«

Sie fasste nach seinem Unterarm und hakte sich mit festem Griff bei ihm ein. »Das letzte Wort ist noch nicht gesprochen.«

»Doch.«

Obgleich er dieses Dinner auslassen wollte, erschien es ihm erträglicher zu sein, mit fremden Menschen an der Tafel zu sitzen, als seine Mutter von der Absurdität ihrer Einfälle zu überzeugen. Während sie den Raum betraten, erhob sich die Gesellschaft. Du liebe Güte, sie waren lediglich zu viert … Mutter hatte nur Lady Jane und ihre Nichte eingeladen. Oh, das würde sie ihm büßen.

Als sein Blick an Charlotte hängenblieb, breitete sich ein Kribbeln in seinem Nacken aus. Es war die Unschuld in ihren Augen, die ihn reizte. Die süßen Lippen, die leicht geöffnet waren.

»Wie schön, dass ihr es einrichten konntet. Oh, meine liebe Charlotte, du hast dich zu einem wahren Goldschatz entwickelt, nicht wahr, Heath?«

Ihre Stimme hatte einen spitzen Unterton angenommen, als sie seinen Namen erwähnte. Herrgott, das fing schon gut an.

»In der Tat«, gab er knapp zurück und begrüßte die beiden Damen. Lady Jane Allby hatte sich nicht verändert, der Schalk blitzte noch immer in ihren braunen Augen auf. Ihre Haare waren immer noch schlohweiß, es wunderte Heath, dass sie keine Pflanzenfarbe verwendete.

»Mylord, es ist mir eine außerordentliche Freude, Sie wiederzusehen. Es ist lange her.« Sie versank in einen Knicks, während sie ihm die Hand hinhielt.

»Ja, ist es. Wahrlich erfreulich, dass wir uns heute alle zusammenfinden.«

Er ging an ihr vorbei zu Charlotte, die sich mit züchtig verschränkten Händen im Schoß hinter ihre Tante gestellt hatte. Als sie ihn sah, schien die Unschuld zu verschwinden und der übliche Kampfgeist flackerte in ihren Augen auf, während sie ihm ein

Lächeln schenkte. Ein unechtes, wie er feststellen musste, es erreichte ihre Augen nicht. »Lady Charlotte«, murmelte er und ergriff ihre Hand. Dieses Mal deutete er keinen Kuss an, sondern berührte ihren warmen Handrücken mit seinen Lippen. Sie zuckte leicht, er vernahm ein scharfes Einatmen, aber sie entriss ihm die Hand nicht. Es war ein stummes Duell, das sie ausfochten, wie immer, wenn sie aufeinandertrafen.

»Mylord«, entgegnete sie kühl und zog den Arm wieder zurück.

Sie trug ein brokatrotes Kleid mit Rüschen, ihre Haare waren zu einem straffen Knoten gebunden, lediglich wenige Locken ragten heraus, aber sie nahmen der Erscheinung die Strenge.

»Nun, dann wollen wir beginnen«, gab seine Mutter verzückt von sich und klatschte in die Hände, damit die Dienerschaft begann, den ersten Gang zu servieren.

Die Dekorierung der Tafel erinnerte Heath an ein königliches Dinner. Weshalb machte seine Mutter einen solchen Aufstand, wenn nur zwei Personen zum Essen vorbeikamen? Die Sitzordnung sah vor, dass er gegenüber von Charlotte Platznahm, sodass sie sich ständig im Blick hatten. Das war pure Absicht.

Er ließ sich Wein einschenken, während der erste Gang, Lachs-Soufflé auf Petersiliencreme, serviert wurde. Es roch köstlich und lenkte ihn kurz von seinem Ärger ab.

»Darf ich mich nach Ihrem Befinden erkundigen, Mylord?«, durchbrach Lady Jane die Stille, die sich über sie gesenkt hatte.

»Es geht mir hervorragend, danke der Nachfrage. Und Ihnen? Hat Ihre Pferdezucht bereits Früchte getragen?«

Er konnte sich den Seitenhieb nicht verkneifen und stellte mit Genugtuung fest, dass sich zumindest eine minimale Röte auf ihrem Gesicht ausbreitete. Sie räusperte sich und hielt sich die Hand gegen den Hals. »In der Tat. Letztes Frühjahr wurde ein Fohlen geboren, es wird bestimmt ein außerordentlich gewinnbringendes Rennpferd werden.«

»Lasst uns doch nicht immer über Pferde sprechen«, mischte sich seine Mutter ein, und nahm einen Schluck Wein.

Heath bedachte sie mit einem unschuldigen Blick. »Aber warum denn nicht? Ihr seid doch beide Pferdenärrinnen.«

»Das sind wir. Aber wenn Lady Charlotte schon mal hier ist, kann man doch über andere Themen sprechen. Die letzte Saison beispielsweise.«

Charlotte hüstelte und hielt sich die Serviette vor den Mund.

»Ist alles in Ordnung, meine Liebe?«, wollte Lady Jane besorgt wissen und legte ihr eine Hand auf die Schulter.

»N-Natürlich, ich habe mich lediglich verschluckt. Verzeiht mir.«

Heath schob den Teller leicht zur Seite und griff nach dem Weinglas. Er hätte darauf bestehen sollen, dass diese Besprechung mit George länger dauerte.

»Gibt es Neues im Ort?«, fragte er, während ein Diener seinen Teller wegräumte.

»Nun ja, die üblichen Gerüchte, nichts Nennenswertes«, erwiderte Lady Jane und versenkte ihren Löffel im Soufflé.

Heath fragte sich, wie er dieses Dinner hinter sich bringen sollte.

»Aber es erfreut mich ungemein, dass ausgerechnet Sie der Vormund meiner Nichte sind, Mylord. Sie hätte es nicht besser treffen können.«

Erneut begann Charlotte zu husten und legte das Besteck beiseite, Tränen standen ihr in den Augen, was Heath mit einem Heben der Augenbraue quittierte. Scheinbar sah sie es anders.

»Du liebe Güte, Kind, hast du in London verlernt, wie man isst? Daran sollten wir arbeiten, wenn wir einen Ehemann für dich finden sollen.«

Sie tupfte sich den Mund ab. »Es würde mir nichts ausmachen, allein zu bleiben, Tante. Wenn ich mich recht erinnere, teilst du meine Meinung, was die Fesseln einer Ehe anbelangt.«

Lady Jane schnappte nach Luft. »Kind, du kannst doch nicht öffentlich deine Meinung kundtun. Man wird dich noch als Blaustrumpf bezeichnen.«

Während sich Heath ein Grinsen verkneifen musste, schenkte Charlotte ihrer Tante einen irritierten Blick. »Aber …«

»Nichts aber.«

Das restliche Dinner bemühte man sich, unverfängliche Themen anzuschneiden, das änderte jedoch nichts daran, dass Heath erleichtert war, als die Damen die Bibliothek aufsuchen wollten, um eine Partie Bridge zu spielen.

»Heath könnte dir den Garten zeigen, Kind. Ich habe einen Pavillon hinbauen lassen, er ist reizend geworden.«

Lady Charlotte war viel zu sehr eine Lady, um seiner herrischen Mutter zu widersprechen, deswegen nickte sie nur gequält. »Natürlich, Mylady, das wäre sehr schön.«

»Hervorragend. Jane, würdest du mir bitte folgen?«

So blieben Heath und Charlotte im Speisesaal zurück, während die beiden schnatternden Damen den Raum verließen.

»Nun, wir geben einfach an, ich hätte Ihnen den Garten gezeigt, dann ersparen wir uns dieses Theater«, murmelte Heath, wischte sich mit der Serviette über den Mund und legte sie auf den Tisch.

»Sie haben recht. Ich brauche nämlich einen Drink.«

Er rutschte beinahe vom Stuhl. »Einen Drink? In Gottes Namen, eine Lady nimmt keinen Drink, höchstens ein Gläschen Portwein.«

Charlotte blickte ihn herausfordernd an. »Das ist wohl noch mir überlassen und hier gibt es niemanden, den ich beeindrucken müsste. Im Gegenteil.«

Damit stand sie auf und richtete ihr Kleid, ehe sie auf die Tür zusteuerte.

»Und wo wollen Sie jetzt hin? Den Vorratskeller plündern?«

Charlotte wirbelte herum. »Nein, Mylord, ich werde in der Halle warten, bis meine Tante gedenkt, nach Hause zu fahren.«

Irgendwie erweckte sie sein Mitgefühl. Sie wollte diesen Abend ebenso wenig wie er, sie teilten sich quasi ihr Leid. Fluchend stand Heath auf. »Herrgott, dann kommen Sie halt mit, ich habe einen ausgezeichneten Brandy.«

Sie hob eine Augenbraue, als glaubte sie ihm nicht. »Ich würde mir zuvor aber gern die Füße im Garten vertreten. Zumindest bin ich neugierig, wie dieser Pavillon aussieht.«

»Ich werde Sie begleiten.«

»Ich komme allein zurecht, Mylord.«

»Ja, das hat man im Falle der Kutsche gesehen«, murrte er und folgte ihr in die Halle. Der Butler brachte ihnen die Mäntel und öffnete dann das Eingangsportal.

»Dem Himmel sei Dank, es schneit nicht mehr.«

Charlotte steckte ihre Hände in den Muff des Mantels. »Was haben Sie denn gegen den Schnee,

Mylord? Fürchten Sie, dass Ihre zarte Haut Schaden annehmen könnte?«

»Sie sind wahrlich versiert darin, einen Gentleman zu beleidigen, Mylady. Ich befürchte, ich werde Sie niemals loswerden.«

»Geben Sie zu, Sie wollen es überhaupt nicht. Weil ich Ihrem langweiligen, ordentlichen Leben zumindest ein wenig Ärger einhauche.«

Heath wollte augenblicklich vehement widersprechen, aber die Worte bohrten sich wie Pfeilspitzen in sein Herz. So viele Nerven ihn diese Frau schon gekostete hatte, so verdammt lebendig fühlte er sich, wenn sie in der Nähe war. Die Leere verschwand, wich einem wohligen Gefühl.

Er blinzelte mehrmals. Ihr Gesichtsausdruck hatte sich verändert, der Schalk war aus ihren Augen gewichen und hatte einer anderen Emotion Platz gemacht: Unsicherheit. Es waren die seltenen Momente, in denen Lady Charlotte ihre Schwäche offenbarte. Jene Momente, die für ihn zur Gefahr wurden, weil er unerklärlicherweise den Drang fühlte, sie zu beschützen.

Sie hatte recht. Er wollte sie nicht loswerden. Er wollte, dass sie in seinem Leben blieb.

»Wollen Sie mir nun das Pavillon zeigen?«, fragte sie leise. Die Sanftheit in ihrer Stimme passte nicht zu dem Kampfgeist, den sie in seiner Nähe gern offenbarte.

Er räusperte sich und mahnte sich zur Räson. »Natürlich.«

Galant hielt er ihr den Arm hin. Vorsichtig, als hätte sie Angst, dass ihr etwas zustoßen könnte, legte sie ihre Finger auf seinen Unterarm. Er wünschte sich, dass ihn nicht dieses Verlangen durchströmen würde, wenn sie ihn berührte. Dass er nicht den Wunsch hatte, sie bis zur Besinnungslosigkeit zu küssen, nur um sich zu beweisen, dass er nichts für die willensstarke Lady empfand.

Sie schritten über den Kiesweg zum Pavillon. Er hatte seiner Mutter erlaubt, einen neuen errichten zu lassen, aber er hätte nicht gedacht, dass er doppelt so groß werden würde, wie der alte. »Grundgütiger, will sie etwa ausziehen, oder weshalb lässt sie diesen Palast in den Garten bauen?«

Charlotte lachte so herzlich, dass es sein Innerstes zusammenzog. »Sie beide scheinen aufeinander loszugehen wie Hyänen. Darf ich fragen, woran das liegt?«

Er grummelte. »Sie hätte gern eine Countess an meiner Seite.«

»Nun, dann wissen Sie ja, wie es sich anfühlt, verschachert zu werden.«

Er verstand den kleinen Seitenhieb nur zu gut, aber er ließ sich nicht darauf ein. Stattdessen blieb er unter der Überdachung stehen und atmete den herrlichen Geruch des Holzes tief in seine Lungen ein.

»Es ist wunderschön«, flüsterte Charlotte, löste sich von ihm und blickte sich um. Als ihr Blick an die Decke ging, erstarrte sie. »Oh.«

Heath folgte ihrem Blick und verstand. »Ein Mistelzweig.«

Sehr lustig, Mutter. Deswegen sollte er ihr den Pavillon zeigen? Nein, das würde sie nicht wagen, oder? Ausgerechnet seine regelliebende Mutter sollte wollen, dass er hier eine Frau küsste?

»Nun ja, es ist ja nur ein merkwürdiger Brauch«, gab sie piepsig zurück und verschränkte die Finger ineinander. Dennoch hob sie den Kopf und sah ihn an. Das hätte sie nicht tun sollen. Es war jener berüchtigte Moment, in dem das rationale Denken gegen seine Gefühle verlor. In dem er sich daran erinnerte, dass er nur ein Mann war, der eine äußerst attraktive Frau vor sich hatte.

Sie öffnete leicht den Mund, ihr Atem schien schwerer zu kommen, während ihre Augen größer wurden.

»Verdammt, Charlotte«, knurrte er, fasste ihr in den Nacken und beugte sich nach vorn. Als sich ihre Lippen berührten, fühlte es sich an, als hätte er den ersten Schluck Wasser nach einer durchzechten Nacht genommen. Als würde die Sonne nach wochenlanger Dunkelheit endlich aufgehen. Sie war so weich, so sanft und doch so leidenschaftlich. Er fühlte ihre Hände auf seinem Oberkörper, vernahm ihr leises Stöhnen, als sie ihm zaghaft entgegenkam. Es war die

Unschuld in ihrem Kuss, die den Rest seiner Vernunft auslöschte. Er zog sie näher zu sich, kostete von ihr.

»Heath«, hauchte sie zwischen zwei Küssen, schlang die Arme um seinen Hals. So musste es sich anfühlen, dem Wahnsinn zu verfallen. Genau so.

Gott, sie war sein Mündel.

Er ihr Vormund.

Er hatte auf sie Acht zu geben.

Dieser Gedanke drang durch den Nebel seines Verlangens und sorgte dafür, dass er sich von ihren verführerischen Lippen trennte.

»Verzeihung«, brachte er atemlos hervor und trat einen Schritt zurück. »Das war taktlos.«

Charlotte riss den Arm nach oben und betastete ihre Lippen. In ihren Augen lieferten sich Lust und schlechtes Gewissen einen unerbittlichen Kampf, so viel erkannte er.

»Nein, mir tut es leid. Ich … Ich werde wohl besser wieder reingehen.«

Sie raffte ihre Röcke und verschwand schnellen Schrittes über den Kiesweg. Heath lehnte sich stöhnend gegen die Holzsäule.

Seine Mutter hatte ihm den Krieg erklärt.

Die eigensinnige Jane hatte sich ihr offensichtlich angeschlossen.

Er und Charlotte waren das Opfer eines perfiden Plans zweier gelangweilter Ladies geworden.

Kapitel elf

Heath Andrews, Earl of Murray und ihr Vormund, hatte sie geküsst. Und sie, Charlotte Mainsfield, die sich vorgenommen hatte, für ihre Unabhängigkeit zu kämpfen, war in seinen Armen schwach geworden. Schuld daran trug allein der Mistelzweig in diesem vermaledeiten Pavillon. Oder vielmehr die Person, die ihn dort aufgehängt hatte.

Der Butler des Hauses führte sie zur Bibliothek, in der ihre Tante und die Dowager Countess sich bei einer Partie Bridge vergnügten.

»Ich habe nicht damit gerechnet, dass du uns so schnell wieder mit deiner Anwesenheit beehrst, Charlotte«, begrüßte Ihre Ladyschaft sie unverblümt und musterte sie mit einem durchdringenden Blick. »Hat dir der Pavillon etwa nicht zugesagt? Das wäre sehr bedauerlich.«

»Im Gegenteil«, beeilte sich Charlotte zu entgegnen und nahm neben ihrer Tante auf der geräumigen

Chaiselongue Platz. »Er ist ganz zauberhaft. Sie haben einen außergewöhnlich guten Geschmack, Mylady.«

Die Countess nahm die Schmeichelei mit einem wohlwollenden Nicken zur Kenntnis und ein feines Lächeln stahl sich auf ihre Lippen. »Wie haben dir die Ornamente an der Decke gefallen?«

Charlottes Augen wurden groß und sie spürte, wie ihr die Hitze in die Wangen schoss. Sie hatte die Ornamente nicht bemerkt, zu sehr hatte der Mistelzweig ihre Aufmerksamkeit auf sich gezogen. Sogleich sah sie verstohlen zu dem bodentiefen Fenster und erkannte, dass die Bibliothek einen einwandfreien Blick auf den Garten und den dort liegenden Pavillon bot. Während Charlotte am liebsten vor Scham im Boden versinken wollte, kam in ihr die Vermutung auf, wer hinter diesem misslichen Zwischenfall stecken könnte. Auch wenn die beiden Damen taten, als wüssten sie von nichts, entging Charlotte nicht, wie sie immer wieder verschwörerische Blicke austauschten und sich mühsam ein Grinsen verkniffen.

Ein Klopfen an der Tür rettete Charlotte davor, eine Antwort geben zu müssen. Ihre Erleichterung wandelte sich jedoch schnell in Verlegenheit, als Heath im Türrahmen erschien. *Lord Murray*, korrigierte sie sich selbst im Stillen.

»Verzeihung«, sagte er und neigte den Kopf. »Dringende geschäftliche Angelegenheiten warten auf mich, weswegen ich mich nun in mein Arbeitszimmer zurückziehen werde. Ich empfehle mich den Damen.«

Charlotte spürte seinen Blick auf sich ruhen, doch sie brachte kein Wort des Abschieds über ihre Lippen. Sie mied es, ihn anzusehen, da sie befürchtete, sich sonst vor den Augen Ihrer Ladyschaft in seine Arme werfen und ihn küssen zu müssen. *Herrgott, Charlotte!* Dieser Kuss hatte sie völlig aus dem Konzept gebracht. Seine warmen Lippen auf ihren, das Verlangen in ihnen beiden und die Leidenschaft, die er ihr entgegen gebracht hatte. Wenn auch nur für einen kurzen Moment.

»Charlotte?«

Nein, ausgeschlossen. Er war ihr Vormund, Gefühle, die über Freundschaft hinausgingen, durften nicht zwischen ihnen stehen. Charlotte fürchtete nur, dass es dafür bereits zu spät war. Doch er hatte die Innigkeit unterbrochen. Vielleicht sah er in dem Kuss auch nicht mehr als einen Fehler und Charlotte stand mit ihren Gefühlen allein. Sie musste auf Abstand gehen, sonst wäre sie hoffnungslos verloren.

»Himmel, träumst du etwa, Kind?«

Tante Janes Stimme riss sie zurück in die Wirklichkeit. Blinzelnd schaute sie sich um. Von Lord Murray fehlte jede Spur, jedoch blickten Jane und die Countess sie neugierig an.

»Verzeihung, ich war in Gedanken«, murmelte sie.

»Du bist ganz blass, Liebes«, bemerkte Jane. »Hast du in Gedanken einen Geist gesehen?«

Charlotte rang sich ein Lächeln ab. »Ich fürchte, mir geht es nicht gut, Tante.«

Zu ihrer Erleichterung hatte ihre Tante nichts dagegen, die Heimreise anzutreten. Sie verabschiedeten sich von der Countess, die betonte, wie sehr sie sich über ihren Besuch gefreut habe und dass sie es kaum erwarten könne, sie beide auf dem Winterball wiederzusehen. Ein mulmiges Gefühl stieg in Charlotte auf. Wenn sie in vertrauter Runde versuchten, sie und Heath zu verkuppeln, würden sie auf dem Ball bestimmt nicht zögern, es auch vor aller Augen herbeizuführen. Solche unbedachten Momente, in denen sie sich ihren Gefühlen hingab, waren gefährlich. Dann wäre Lord Murray gezwungen, sie zu heiraten … Nein, das wollte sie unter allen Umständen verhindern. Doch sie traute den beiden Ladys alles zu.

Als sich die Kutsche ruckelnd in Bewegung setzte, seufzte Jane schwer. »Lord Murray ist ein außergewöhnlich attraktiver Gentleman. Und wie mir scheint, bist du ebenso von ihm angetan wie ich.«

Charlotte verbarg ihre schweißnassen Hände in den Falten ihres roten Kleides. »Ich weiß nicht, wie du zu dieser Vermutung kommst, Tante.«

Jane lachte amüsiert. »Ich bitte dich, Kind. Dir ist sehr wohl aufgefallen, dass Eleanore und ich euch zwei Turteltauben beobachtet haben.«

Ja, sie hatte es bemerkt und es machte die Situation nicht besser. »Ich bin hergekommen, weil ich deinen Rat ersuchte, um aus der Abhängigkeit meines Vormunds zu kommen, ohne heiraten zu müssen, Tante. Doch du verschwörst dich mit der Dowager Countess und bemühst dich stattdessen, mich mit eben jenem Mann zu verkuppeln, der mich verschachern will wie eine Zuchtstute. Ich kann das nicht gutheißen.«

»Euer Kuss unter dem Mistelzweig hat für mich nach dem Gegenteil ausgesehen.«

Empört schnappte Charlotte nach Luft. Sie strafte ihre Tante während der Kutschfahrt mit Nichtachtung, nachdem sie ihr deutlich zu verstehen gegeben hatte, dass sie nicht wünschte, verkuppelt zu werden. Jane nahm es schulterzuckend hin. Charlottes Verhalten ließ sie annehmen, dass sie und ihre geschätzte Freundin alles richtig gemacht hatten. Selbst Charlottes Ärgernis konnten ihr nicht das Lächeln aus dem Gesicht wischen.

❄

Am Vormittag des nächsten Tages klopfte es unerwarteter Weise an der Tür.

»Lord Ranfield erwartet Sie im Salon, Mylady«, verkündete Anna und konnte sich ein verschwörerisches Grinsen nicht verkneifen.

»Lord Ranfield?«, wiederholte Charlotte überrascht und blickte von ihrer Lektüre auf, mit der sie sich ein bisschen die Zeit hatte vertreiben wollen. Heute Abend fand der Winterball auf Lord Murrays Landsitz statt und sie hatte bisher eine nervenaufreibende

Anprobe für ein neues Kleid über sich ergehen lassen müssen. Ihr war durchaus bewusst, dass Tante Jane keine Kosten und Mühen scheute, um sie für die heute anwesenden Edelmänner herauszuputzen, auch wenn sie dem ganzen Pomp nichts abgewinnen konnte. Doch ihrer Tante zuliebe fügte sie sich ihren Wünschen. Zumindest, was die Kleidung anbelangte. Jetzt hatte sie nur einen Moment der Ruhe genießen wollen. »Ich habe nicht gewusst, dass Lord Ranfield uns heute die Ehre erweist.«

»Seine Lordschaft hat sich nicht angemeldet, Mylady. Wollen Sie ihn dennoch empfangen?«

»Natürlich.« Charlotte legte das Buch zur Seite, erhob sich und warf einen prüfenden Blick in den Spiegel. Alles saß, wo es hingehörte. Sie atmete tief durch, bevor sie ihr Zimmer verließ und die Stufen der breiten Treppe hinabstieg, die sie zum Salon führte. Je näher sie der Tür kam, desto schneller schlug ihr Herz. Sie freute sich darauf, Henry wiederzusehen.

»Mylord, ich habe Sie gar nicht erwartet«, begrüßte sie ihn und lächelte.

Galant beugte er sich vor und deutete einen Kuss auf ihrem Handrücken an. Das Kribbeln, das sie im Gasthaus bei seiner Berührung verspürt hatte, blieb dieses Mal aus. Enttäuschung breitete sich in ihr aus.

»Verzeihen Sie mir, dass ich meinen Besuch nicht angekündigt habe. Mich erreichte erst vor wenigen Stunden die Nachricht, dass Sie die Nacht nach unserem Zusammentreffen im Wald verbringen mussten. Ich habe mich sofort auf den Weg hierher gemacht, um mich zu vergewissern, dass es Ihnen gut geht.« Er hielt noch immer ihre Hand und Charlotte spürte, wie er sie sanft mit seinem Daumen streichelte. Verlegen zog sie ihre Finger zurück.

»Ich danke Ihnen für Ihre Fürsorge, Mylord. Wie Sie sehen, ist alles in bester Ordnung.«

»Ja, sehr zu meiner Erleichterung.« Er nickte und verschränkte die Hände hinter dem Rücken, als wüsste er sonst nicht, wohin mit ihnen. »Hätten Sie Lust auf einen Spaziergang rund um das Anwesen?«, fragte er nach einem kurzen Moment der Stille. »Lady Allby hat einen traumhaft schönen Garten, zumindest habe ich ihn als solchen in Erinnerung. Es ist kalt, aber trocken, ein herrliches Winterwetter.«

»Sehr gern.« Charlotte nahm den Vorschlag dankbar an. Ein Spaziergang brachte sie vielleicht auf andere Gedanken. Sie ließ Anna ihre Mäntel holen und ging mit Lord Ranfield in den Garten. Anna folgte ihr mit einigem Abstand. Eine Schneeschicht bedeckte die Sträucher und Hecken, ließ sie im Schein der Sonne glitzern. Auch die Äste der kahlen Bäume waren mit einer weißen Schicht überzogen.

»Wie ich hörte, haben Sie die Nacht nicht allein im Wald verbracht?«, begann Henry nach einigen Schritten das Gespräch und lenkte es wieder auf ein Thema, das Charlotte gehofft hatte, umgehen zu können. Seine Stimme klang nach einer Frage, als würde er sich wünschen, dass sie diese verneinte.

»Sie haben richtig gehört. Lord Murray half mir dabei, ein fortgelaufenes Mädchen zu finden, deren Kutsche auf der Straße überfallen worden ist. Wir haben sie versteckt in einer Jagdhütte gefunden und mussten leider aufgrund der Wetterlage die Nacht dort verbringen. Die Jagdhütte befand sich in tadellosem Zustand, sodass es uns an nichts fehlte. Das Mädchen konnten wir am nächsten Morgen den Armen ihrer Mutter übergeben.«

»Sind Sie sich schon lange mit Lord Murray bekannt?«

Charlotte beobachtete, wie sich ein strenger Zug auf sein Gesicht legte. Kannte er den Earl etwa? Natürlich, das Dorf war klein, sie waren mit Sicherheit zusammen aufgewachsen. Sie schüttelte den Kopf und trat prompt in eine Schneewehe. Bis zum Knie versank sie mit dem rechten Bein im Schnee und verlor den Halt. Mit einem erschrockenen Laut fiel sie nach vorn, geradewegs in Lord Ranfields Arme.

»Verzeihen Sie, ich bin ein Tollpatsch«, murmelte sie beschämt, richtete sich wieder auf und klopfte den Schnee von ihrem Rock.

»Das ist eine Eigenart, die mir an Ihnen besonders gut gefällt.« Der verkniffene Ausdruck war einem freundlichen Lächeln gewichen.

Sie vermied den Blick in seine ungewöhnlich grünen Augen und schritt weiter voran. Weißer Nebel bildete sich vor ihren Lippen, als sie tief ausatmete. »Lord Murray und ich sind uns erst seit Kurzem bekannt«, griff sie seine Frage auf. »Er wurde laut Testament meines Onkels zum neuen Vormund meiner Schwestern und mir benannt.«

»Tatsächlich?« Mit langen Schritten holte er zu ihr auf. »Mich verwundert nur … Nein, vergessen Sie es. Das war ein verstörender Gedanken.«

Charlotte hielt an und wandte sich ihm zu. »Was war ein verstörender Gedanke?«

Henry seufzte. »Das kann ich Ihnen nicht sagen.«

»Oh nein, Sie können nicht mit einer Vermutung beginnen und diese dann unausgeführt im Raum stehen lassen.« Empört wagte Charlotte nun doch einen Blick in seine Augen. »Das gehört sich nicht.«

Ein schwaches Lächeln legte sich auf seine Lippen. »Es wird viel über den unnahbaren Lord Murray gemunkelt«, begann er zögerlich. »Es heißt, er habe vor, Sie als seine Braut auszuwählen. Ich habe mir nichts dabei gedacht, aber als Ihr Vormund sollte er sich vorrangig um Ihr Glück bemühen.«

Verwirrt hob Charlotte eine Augenbraue an. »Verstehe ich Sie richtig, dass Sie der Auffassung sind, ein Leben an seiner Seite wäre kein glückliches?«

Er zuckte mit den Schultern. »Nicht für Sie. Ich kenne Sie noch nicht lange, Mylady, doch ich erkenne den Kampfgeist in Ihren Augen. Sie wollen nicht zu etwas gezwungen werden, schon gar nicht zu einer Ehe mit einem Mann, der Sie nicht akzeptiert.«

»Ich kann Sie beruhigen, ich habe nicht vor, mir einen Ehemann vorsetzen zu lassen. Schon gar nicht von Lord Murray, der als mein Vormund meint zu wissen, was das Richtige für mich wäre. Doch woher nehmen Sie diese letzte Vermutung?« Charlotte war empört und neugierig zugleich. Es war interessant zu hören, was andere Menschen über Heath dachten.

Henry räusperte sich. »Gehen wir doch noch ein Stück, es wird frisch, wenn wir nur auf der Stelle stehen.«

Charlotte bemerkte erst jetzt, dass sie ihre Zehenspitzen kaum noch spürte. Schnell kam sie seiner Bitte nach. »Sie haben noch nicht auf meine Frage geantwortet.«

»Verzeihen Sie. Ich möchte mich nicht aufdrängen, sie lediglich warnen. Lord Murray ist kein einfacher Geselle. Wir waren früher Freunde, doch das ist lange her. Er hat nur seinen eigenen Vorteil im Sinn. Ich möchte nicht, dass Sie verletzt werden.«

»Was ist geschehen?«, wollte Charlotte umgehend wissen, besann sich jedoch auf ihren Anstand. »Wenn ich fragen darf.«

»Sie dürfen.« Henry lachte leise, wahrscheinlich über ihr Talent, sofort auszusprechen, was ihr in den Kopf fuhr. Dann wurde er ernst und ließ seinen Blick über die weiße Landschaft schweifen. »Wir liebten einst dieselbe Frau«, sprach er und Charlotte hörte Trauer in seiner Stimme mitschwingen. »Es war ein Wettstreit unter Freunden, der schon bald zu einem harten Konkurrenzkampf ausartete. Wir übertrumpften uns gegenseitig, nur um die eine Frau zu beeindrucken, die uns beiden den Kopf verdreht hatte. Es hat uns zerrissen.«

Gebannt hielt Charlotte den Atem an. Sie wagte es nicht, zu fragen wie es weiterging, aus Angst, er würde erkennen, dass er ihr ein Geheimnis aus seiner Vergangenheit anvertraute, obwohl sie sich kaum kannten.

»Sie entschied sich für Heath«, fuhr er zu ihrer Erleichterung fort. »Er hat mich seinen Triumph jeden Tag spüren lassen. Und sie auch. Sie war geblendet von seinem Charme gewesen, seiner Höflichkeit und seiner Leidenschaft. Doch das alles verblasste kurz nach ihrer Verlobung und sie erkannte, dass sie den Falschen gewählt hatte. Es nahm kein gutes Ende.« Er fuhr sich unbedacht mit der Hand übers Gesicht. »Aus Verzweiflung sah sie nur eine Rettung vor einer Ehe in Kälte und Ignoranz. Sie nahm sich das Leben.«

»Nein!« Entsetzt schlug Charlotte sich die Hand vor den Mund. »Wie schrecklich …« Henry nickte.

»Auf der einen Seite weiß ich, dass ich ihr ein guter Ehemann gewesen wäre, das schmerzt mich auch nach all den Jahren. Auf der anderen Seite bin ich glücklich, dass sie nun ihren Frieden gefunden hat. Aber genug der Plauderei. Wir haben das Anwesen wieder erreicht, Mylady. Bitte richten Sie Ihrer Tante meine Grüße aus. Ich verabschiede mich nun und freue mich auf unseren Tanz heute Abend.« Er verbeugte sich galant und wies den vorbeilaufenden Stallknecht an, ihm sein Pferd zu holen.

Charlotte und Anna suchten derweil Zuflucht im warmen Anwesen. Während die Zofe begann, Vorbereitungen für den kommenden Ball zu treffen, zog Charlotte sich mit einer beruhigenden Tasse Tee auf ihr Zimmer zurück. Das Treffen mit Lord Ranfield hatte sie mehr verwirrt als sie es zuvor schon gewesen war.

Entsetzt starrte sie an die mit Stuck verzierte Decke. Lord Murray hatte ihr ihren ersten Kuss gestohlen. Unter einem Mistelzweig mitten in der dunklen Winternacht. Sie spürte noch immer den sanften Druck seiner Lippen auf ihren, seine Arme, die ihren Körper umschlungen hatten, seine stürmische Leidenschaft … Auch wenn er augenblicklich seine Beherrschung zurückerlangt hatte, das konnte doch nicht alles gespielt gewesen sein?

Natürlich war Heath kein einfacher Geselle, das hatte sie selber schon feststellen müssen. Auch hatte sie ihn anfangs als überheblich und kalt wahrgenommen, doch dieser Verdacht hatte sich in ihren Augen nicht erhärtet. Konnte sie sich derart in einem Menschen getäuscht haben? Bekanntlich zählte der erste Eindruck. Dabei gehörte Charlotte selbst zu den Menschen, die sich erst einem Fremden gegenüber offenbarten, wenn sie Vertrauen gefasst hatten. Sie konnte, nein, sie wollte sich nicht vorstellen, dass dies das wahre Gesicht des Earls war. Doch warum hätte Lord Ranfield sie anlügen sollen? Sie nahm sich vor, Heath bei passender Gelegenheit darauf anzusprechen.

Um sich ein wenig auf andere Gedanken zu bringen, setzte Charlotte sich an den kleinen Sekretär, schob sich die Lesebrille auf die Nase und begann einen Brief an die Zwillinge zu schreiben. Sie war erst vier Tage von Zuhause fort, doch es hatte sich bereits einiges ereignet, das sie unbedingt jemandem mitteilen musste. Tante Jane hatte sich mit der Dowager Countess verschworen, weshalb sie davon absehen würde, weiterhin mit ihr über den Earl zu sprechen. Doch ihren Schwestern konnte sie sich anvertrauen. Wenngleich sie ein persönliches Gespräch vorgezogen hätte, blieben ihr nur Tinte und Papier.

Kapitel zwölf

Der Winterball war einer der wenigen Gründe, weshalb Heath zu dieser Zeit seinen Landsitz aufsuchte. Nicht nur Adelige, sondern auch die zahlreichen Pächter versammelten sich an diesem Abend, um das Jahr ausklingen zu lassen und auf die ertragreiche Ernte anzustoßen. Heath war in dieser Ortschaft einer der ersten gewesen, die einen Ball zu diesem Anlass ausgerufen hatte, obgleich es verpönt erschien, dass man Nichtbürgerliche einlud und gemeinsam mit ihnen speiste oder über Politik debattierte. Dennoch war Heath der Ansicht, dass er ohne seine Pächter eine weitaus schlechtere finanzielle Situation hätte, was die Erhaltung des Landsitzes anbelangte.

»Die ersten Gäste sind bereits eingetroffen, Mylord«, informierte ihn sein Butler, als er in seinem Arbeitszimmer am Fenster stand und in die beleuchtete Einfahrt blickte. Kutsche um Kutsche hatte sich bogenförmig eingefunden, Musik erfüllte das Anwesen, vermischt mit Gelächter und aufgeregten Diskussionen.

»Danke. Richten Sie meiner Mutter aus, dass ich gleich erscheinen werde.«

»Natürlich.«

Die Tür schloss sich mit einem Klicken. Heath hatte die Hände in die Hosentaschen gesteckt und sich an den Fensterrahmen gelehnt, die Stirn gegen das kühle Glas gehalten. Er hasste diesen Auflauf, diese gezwungene Höflichkeit, obgleich er gewissen Personen zu gern seine Meinung ins Gesicht schleudern würde. Verzogene Adelige, die meinten, über ihnen stünde nur noch Gott. Er wusste genau, weshalb er London vorzog – er war dort einer von vielen, schloss seine Geschäfte mit der Mittelschicht ab und konnte größtenteils auf die Etikette verzichten. Es war die Einfachheit, die Herzlichkeit dieser Leute, die er zu schätzen gelernt hatte, während man in dieser Schlangengrube darauf achten musste, keine falsche Bewegung zu machen.

Sein Herz setzt einen Schlag aus, als eine weitere Kutsche anrollte, die er zweifellos Lady Jane zuordnete. Wenig später stieg sie mit Charlotte aus, die ein atemberaubendes hellblaues Kleid trug. Erregung durchfuhr ihn, als er daran dachte, wie sich ihre Lippen berührt hatten, wie sehr er versucht gewesen war, weiter zu gehen.

»Verdammt«, fluchte er und stieß sich vom Fenster weg. Nur noch wenige Tage, dann würde er unter einem Vorwand wieder in die Stadt zurückkehren. Allein der Gedanke daran, dort weiter nach einem Ehemann für sie zu suchen, jagte Eifersucht durch seine Adern.

Er stoppte mitten in der Bewegung, nach der Brandykaraffe zu greifen, und kniff die Augenbrauen zusammen. Eifersucht? Wurde er nun vollends verrückt?

Heiliger, er konnte es sich nicht anders erklären. Alles in ihm sträubte sich dagegen, sich Lady Charlotte mit einem anderen Mann vorzustellen. Er ließ die Finger vom Alkohol und verließ seine Räumlichkeiten. Musikklänge drangen an seine Ohren, Gespräche verstummten, als er vom Butler angekündigt wurde. Er, in seinem eigenen Haus. Eine Lächerlichkeit.

Blicke von verwitweten Damen richteten sich auf ihn, eindeutige Blicke, die durch das Wedeln ihrer Fächer noch verstärkt wurden. Er tauchte in der Menge unter, schritt zum Häppchen-Buffet und griff nach einem Brötchen mit Rindfleisch. Er hatte keinen Appetit, aber wenn er nichts aß, würde er bereits die Auswirkungen von zwei Gläschen Brandy spüren.

»Mylord, wie überaus reizend, Sie hier anzutreffen«, trällerte eine bekannte Stimme und Heath drehte sich zur Seite.

»Lady Jane«, murmelte er und zog die Augenbrauen zusammen. »Wo haben Sie Ihre bezaubernde Begleitung gelassen?«

»Oh, Charlotte unterhält sich mit einem reizenden Gentleman. Es wird Sie freuen, dass sie nun doch Bestrebungen verfolgt, unter die Haube zu gelangen.« Der Augenaufschlag Ihrer Ladyschaft gefiel Heath keineswegs. Auch nicht ihr Lächeln, mit dem sie ihn bedachte. Als würde es ihr Freude bereiten, ihm diese Nachricht zu überbringen, dabei wusste er genau, was Lady Jane vom Heiraten hielt: nichts.

»Vielen Dank, Mylady«, gab er knapp zurück und machte sich auf die Suche nach seinem Mündel. Bei Gott, er würde sie zu gern in ein Zimmer sperren und dort ausharren lassen, bis der Ball vorbei war.

Er entdeckte sie neben einer Topfpalme, mit einer Champagnerflöte in der Hand. Ihr Kleid sah von der Nähe noch atemberaubender aus, was ihn zum Schlucken brachte. Sie lächelte einen der Adeligen so erfreut an, dass sich seine Eingeweide zusammenzogen. Vor allem als er erkannte, dass es sich bei dem Herrn um den Mistkerl Lord Ranfield handelte.

Seine Gedanken kreisten um diesen Kuss. Er wollte sich nicht vorstellen, wie sie dasselbe mit diesem Halunken tat. Er presste die Kiefer aufeinander und ging auf sie zu.

Heath war ihr Vormund. Er durfte ihr verbieten, sich mit diesem Taugenichts zu unterhalten.

»Oh, Mylord, wie erfreut, Sie wiederzusehen. Sie haben mir gar nicht erzählt, dass Sie der neue Vormund dieser reizenden Dame sind«, kam Ranfield sogleich zum Punkt und schenkte ihm ein zynisches Lächeln, das die Wut in Heath schürte. Es war offensichtlich, was er vorhatte: Charlotte für sich zu gewinnen, um sie dann wieder loszuwerden, weil es ihm zu langweilig wurde.

»Möglicherweise ist es meinem Gedächtnis geschuldet, aber ich meine mich daran zu erinnern, dass ich Sie beide nicht miteinander bekannt gemacht habe«, machte Heath auf die Tatsache aufmerksam, dass dieses Gespräch eigentlich nicht stattfinden dürfte, wenn man die Regeln der Etikette beachtete.

Charlotte warf ihm einen pikierten Blick zu. »Das hat Tante Jane für Sie übernommen, Mylord. Und wenn Sie uns jetzt entschuldigen würden, ich habe Lord Ranfield einen Tanz versprochen.«

Er zog die Luft scharf ein und versuchte, sich unbeteiligt zu geben, obgleich in ihm ein wahrer Sturm tobte. Es erinnerte ihn so schmerzlich an seine Vergangenheit, dass der Drang, Charlotte zu beschützen, übermächtig wurde.

»Ich bin der Gastgeber, Mylady, der erste Tanz gebührt mir, immerhin sind Sie auch mein Mündel. Sie wollen doch nicht, dass die Leute tratschen«, spielte er eine Karte aus, auf die er eigentlich nie zurückgreifen wollte. Er brachte sie in eine missliche Lage, dennoch würde er alles tun, um einen Tanz mit diesem Scheusal zu vermeiden.

Charlotte schenkte ihm einen Blick, der eine Kerze zu entzünden vermochte. Er erkannte an dem Zucken ihrer Mundwinkel, dass ihr diese Aussage missfiel.

»Wenn ich bitten darf«, verlor Heath keine Zeit und bot ihr den Arm dar. Ranfield hatte keine Gelegenheit einzuschreiten, was Heath mit Genugtuung feststellte.

»Den nächsten Tanz schenke ich Ihnen, Mylord.« Charlottes Stimme war so weich, als sie mit seinem Konkurrenten sprach, ihr Blick voller Freude. Sobald sie Heath ansah, wandelte er sich, wurde kühl und unnahbar. Ihr Lächeln verschwand.

»Das werden Sie bereuen«, zischte sie, als er sie zur Tanzfläche führte.

»Das werde ich nicht. Ich habe Sie vor einem großen Fehler bewahrt«, erwiderte er leise, sodass die umliegenden Menschen ihn nicht verstehen konnten. Paare versammelten sich auf der Tanzfläche, das Orchester läutete diesen Abend mit einem Walzer ein.

»Dürfte ich erfahren, wo Ihre Abneigung herrührt?«

Er griff an ihre Taille, brachte sie nahe an sich, sodass er ihren blumigen Geruch wahrnahm.

»Ich werde Sie nicht mit ihm tanzen lassen, in Gottes Namen«, knurrte er und vollführte mit ihr eine Drehung, die sie an den Rand der Tanzfläche brachte. Weg von den Ohren, die ihnen lauschen könnten.

»Es wäre Ihre Gelegenheit, mich loszuwerden, Mylord.«

»Ich will Sie aber nicht loswerden!«

Erst als die Worte seinen Mund verlassen hatten, wurde er sich ihrer Bedeutung bewusst. »Ich meinte, ich werde Sie nicht diesem Tunichtgut übergeben. Meine Erlaubnis bekommen Sie nicht.«

Charlottes Miene versteinerte sich. »Zuerst wollen Sie mich verschachern und nun, da ich die Gelegenheit erhalte, dass jemand um mich werben könnte, wollen Sie es verhindern? Wissen Sie überhaupt, was Sie wollen, Mylord?«

Dich, wollte er schreien, *ich will dich. Nackt. In meinem Bett, um dich die ganze Nacht zu lieben, damit du keinen einzigen Gedanken mehr an diesen Kerl verschwendest.*

»Suchen Sie sich einen anderen Kandidaten. Lord Ranfield lehne ich schlichtweg ab.«

Die Musikklänge wurden leiser, der Tanz neigte sich dem Ende zu. Er führte Charlotte von der Tanzfläche weg zu der langen Tafel, an der kleine Appetithappen aneinandergereiht lagen.

»Sie sind wahrlich der herzlose Eisklotz wie Lord Ranfield bereits beschrieben hatte. Ich wünsche Ihnen einen angenehmen Abend, Mylord. Meinen würden Sie wahrlich verschönern, indem Sie sich im Hintergrund aufhalten.« Die Worte prasselten aus ihr heraus, gefolgt von einem langgezogenen nach Luft schnappen, ehe sie sich umdrehte und aus seiner Nähe verschwand.

»Wie Lord Ranfield beschrieben hatte?«, flüsterte er und griff nach dem Lachsbrötchen. Er brauchte etwas, um sich zu beruhigen. Das bedeutete, sie hatte diesen

Mistkerl irgendwann getroffen. Unliebsame Erinnerungen stürmten auf Heath ein, schürten die Wut in ihm und vertrieben die rationalen Gedanken, die sonst in seinem Kopf vorherrschten. Allein bei der Vorstellung, dass dieses Scheusal es auf Charlotte abgesehen haben könnte … Er musste Lady Jane finden.

Natürlich hielt sich Lord Ranfield nicht im Hintergrund. Ständig scharwenzelte er um Charlotte herum, als hätte er sich sein nächstes Opfer bereits ausgesucht. Dabei wusste Heath genau, dass sie eigentlich nicht seinem Beuteschema entsprach. Er tat es lediglich, um ihm den Todesstoß zu versetzen. Irgendwie schien dieser Kerl herausgefunden zu haben, dass Charlotte ihm am Herzen lag.

Heath nippte mürrisch an seinem Brandy. Seit einer Stunde behielt er Charlotte im Auge, nachdem er ein kurzes Gespräch mit Lady Jane hinter sich gebracht hatte. Natürlich hatte die alte Dame nichts dagegen, dass sich Lord Ranfield für sie interessierte, immerhin sei er ein stattlicher Junggeselle. Heath wurde das Gefühl nicht los, dass Jane und seine Mutter einen Plan ausgeheckt hatten. Es trieb ihn in den Wahnsinn, dass ausgerechnet diese beiden Pläne schmiedeten, sie einander zuzuführen. Das war die einzige annehmbare Erklärung, die Heath hatte.

Er nahm sich ein weiteres Glas, stellte das leere auf einem Silbertablett ab und ging hinter die Topfpalme.

Im Augenwinkel bemerkte er, dass Ranfield einen weiteren Versuch startete, Charlotte zu becircen, die sich gerade mit zwei jungen Damen unterhielt.

Das war zu viel für Heath. Er durchquerte den Saal, tat so, als ob er Ranfield übersah und prallte gegen ihn. Der Brandy spritzte auf sein blütenweißes Hemd.

»Grundgütiger, ich habe Sie nicht gesehen. Welch ein Malheur«, kommentierte Heath die unschönen Flecken, die immer größer wurden, als der Stoff die Flüssigkeit vollständig aufnahm.

Ranfield warf ihm einen warnenden Blick zu. »Das werden Sie büßen.«

Der zweite Teil seines Planes trat in Kraft. Natürlich würde er die Toiletträume aufsuchen und nach Heath' Kammerdiener rufen lassen, um an ein frisches Hemd zu gelangen. Er wartete einige Sekunden, ehe er ihm durch den langen Flur in das erste Geschoss folgte. »Das war wirklich keine Absicht. Ich lasse dir meinen Kammerdiener bringen, er wird sich darum kümmern«, rief Heath ihm nach, als er schon fast an seinem Ziel angekommen war.

Wütend wirbelte Henry herum, ließ die Maske fallen, die er vor Lady Charlotte aufgesetzt hatte. »Ich weiß genau, was du vorhast, du Mistkerl. Sie gehört mir.« Er lachte auf und stemmte die Hände in die Hüften. »Schon wieder eine Frau, die dir verwehrt bleibt.«

Heath ließ sich nicht auf die Provokation ein, deutete auf den gegenüberliegenden Raum. »Ein Gästezimmer. Du kannst es dafür nutzen, um dich frisch zu machen.« Er ging zur Tür, betrat den Raum und drehte den Docht der Öllampen höher.

»Ich brauche deine Almosen nicht«, knurrte Ranfield und kam herein, warf einen prüfenden Blick auf die Räumlichkeiten, als wäre es ihm nicht gut genug, was Heath ihm bot.

»Ich lasse nach dem guten Mann läuten. Fühle dich währenddessen wie in deinem Zuhause«, erwiderte Heath, verließ den Raum und hielt den Schlüssel unauffällig in seiner Hand verborgen. Er konnte sich ein Grinsen dennoch nicht verkneifen, als er die Tür schloss und von außen verriegelte.

Hier oben würde ihn niemand hämmern hören.

Als Ranfield begriff, dass er in eine Falle getappt war, ertönten herrische Schritte. Er musste sich mit voller Wucht gegen die Tür geworfen haben, denn sie zitterte bedrohlich.

»Sperr sofort wieder auf!«, brüllte er. Seine Stimme kam allerdings nur gedämpft bei Heath an. Das schwere Holz war eine gute Wahl gewesen. Mit einem Lächeln steckte er den Schlüssel ein und schlenderte davon.

Ein Problem weniger.

Ranfield würde hier oben versauern, ehe Heath ihn von seinem Butler gegen Mitternacht unauffällig hinauswerfen lassen würde. Er hatte sich mit dem Falschen angelegt. Heath war nicht mehr die Person von früher, er hatte dazugelernt.

Und ein bestimmter Fehler würde ihm kein zweites Mal passieren: Ranfield zu unterschätzen.

Kapitel dreizehn

Zu Charlottes Bedauern waren weder Lord Murray noch Lord Ranfield auffindbar. Ein ungutes Gefühl beschlich sie. Es war unverkennbar gewesen, dass die beiden Männer sich verachteten. Insbesondere der Earl hatte keinerlei Hehl aus seiner Abneigung gegenüber dem Viscount gemacht. Weshalb konnte sie nicht verstehen. Natürlich wusste sie nicht gänzlich über den Vorfall Bescheid, der die Männer vor Jahren entzweit hatte. Sie kannte nur Henrys Geschichte und müsste sich eigentlich erst bei Heath nach seiner Sicht der Geschehnisse erkundigen. Doch sein Verhalten am heutigen Abend war mehr als merkwürdig gewesen. Er hatte sich unmöglich aufgeführt, obwohl er sonst immer stets auf die Etikette bedacht war. Hatte Henry möglicherweise recht? War der Earl nur auf seinen eigenen Vorteil aus?

Dass er auf seine Rechte als Vormund bestanden hatte, um den ersten Tanz für sich zu ergattern, bestärkte Henrys These, dass Heath in ihm einen Konkurrenten sah, den es auszustechen galt. Charlotte sollte sich geschmeichelt fühlen, dass gleich zwei Männer um sie rivalisierten, doch sie hatte die Vermutung, dass es hierbei nicht um sie ging.

Sie atmete erleichtert auf, als Lady Helena sich von ihr abwand, um mit einem Gentleman das Tanzbein zu schwingen. Die Lady war ein nettes, junges Mädchen, hatte erst diese Saison debütiert. Doch sie redete ohne Punkt und Komma und wenn sie sich nicht verabschiedet hätte, hätte Charlotte es tun müssen, um ihren Ohren eine Pause zu gönnen. Sie nutzte ihre neugewonnene Freiheit, um sich eine Leckerei vom Buffet zu holen und sich umzusehen.

Nach einer Weile entdeckte sie ihren Vormund in ein Gespräch vertieft mit einem Mann, der, seiner Kleidung nach zu urteilen, einer der Pächter des Earls zu sein schien. Zuerst fand sie es ungewöhnlich, als Tante Jane ihr von den Hintergründen der Veranstaltung erzählt hatte. Normalerweise wurde streng darauf geachtet, bei Feierlichkeiten die Mittelschicht von den Adeligen zu trennen. Doch nach kurzer Überlegung musste sie gestehen, dass sie seine Vorgehensweise löblich fand. Er war eben ein Geschäftsmann durch und durch.

Heath wirkte wesentlich entspannter als noch vor zwei Stunden, sie meinte sogar, ein kleines Lächeln auf seinen Lippen erkennen zu können. Gut, dann war er vielleicht nun bereit, ihr ausführlichere Antworten zu geben.

Sie wollte sich soeben unauffällig in seine Richtung bewegen, als die Dowager Countess vor ihr auftauchte und sich freudestrahlend bei ihr unterhakte. »Charlotte, du siehst bezaubernd aus. Wie ein junger Pfirsich im Schnee.«

»Ich danke Ihnen, Mylady. Mir gefällt die Farbe Ihres Kleides. Dunkelgrün wirkt sehr majestätisch«, erwiderte Charlotte und wagte einen kurzen Blick zu Heath. Er reichte seinem Gegenüber die Hand. Wenn sie die Countess nicht schnell abschütteln konnte, würde sie ihn bestimmt wieder in der Menschenmenge verlieren. Doch sie wollte auf keinen Fall unhöflich erscheinen, weswegen sie sich der älteren Dame zuwandte.

»Das hoffe ich doch«, feixte die Countess und machte eine wegwerfende Handbewegung, sodass ihre vielen Armreifen klimperten. »Komm, lass uns ein paar Schritte gehen, wenn ich mir noch länger die Beine in den Bauch stehe, spüre ich es morgen wieder im Rücken.«

Bereitwillig kam Charlotte ihrer Aufforderung nach.

»Wie gefällt dir Kings Worthy? Ist das Leben hier nicht wesentlich angenehmer als in der Stadt?« Gemächlich schritten sie zwischen den Gästen hindurch und beobachteten die Paare beim Tanz einer Quadrille.

»Es hat beides seine Vorzüge, aber ebenso auch Nachteile, Mylady«, gestand Charlotte. »Das Land hat gewiss seinen Reiz, doch ich vermisse meine Schwestern, die in London auf mich warten.«

»Ist es nicht erleichternd, sich für ein paar Tage mal nicht um sie kümmern zu müssen?« Die Countess zog fragend eine Augenbraue in die Höhe. Charlotte wusste, dass Ihre Ladyschaft keine Geschwister hatte und auch nicht nachempfinden konnte, wie nervig solche waren und wie sehr man sie dennoch liebte.

»Gewiss, und doch freue ich mich darauf, wieder bei ihnen sein zu können.«

»Du solltest dich daran gewöhnen, nicht länger auf sie aufpassen zu müssen«, schmunzelte die Countess. »Wenn du erst einmal verheiratet bist, warten andere Aufgaben auf dich.«

Charlotte warf ihr einen unsicheren Blick zu, doch sie lachte nur und winkte einer Dame aus der Ferne zu.

»Haben Sie zufällig Lord Ranfield gesehen?«, fragte Charlotte und hoffte, das Gespräch in eine andere Richtung lenken zu können.

»Ich hörte, er habe die obere Etage aufgesucht, um sich umzuziehen. Es gab wohl ein kleines Malheur mit dem Brandy. Wie mir scheint, hat Lord Ranfield das Anwesen verlassen. Ich kann mir nicht vorstellen, dass er noch im Gästezimmer verweilt und sich die Nase pudert.« Sie lachte erneut. »Entschuldige mich, Kindchen, ich habe gerade jemanden entdeckt, der sich schon viel zu lange vor mir versteckt.«

Ohne auf eine Antwort zu warten, wandte Ihre Ladyschaft sich von ihr ab und eilte mit raschelndem Kleid auf einen älteren Herrn zu, der so aussah, als wolle er mit dem Wandteppich hinter sich verschmelzen, um der Countess zu entkommen. Er hatte keine Chance, wie jeder, der ins Visier dieser Frau geriet.

Seufzend drehte Charlotte sich um und suchte den Raum nach ihrem Vormund ab. Wie sie vermutet hatte, war er nirgends mehr auszumachen. Einer der Angestellten bot ihr ein Glas mit Champagner an, doch Charlotte schüttelte nur den Kopf. Sie hatte genug getrunken für einen Abend, wenn sie einen klaren Kopf behalten wollte.

»Wissen Sie zufällig, ob Lord Ranfield das Anwesen bereits verlassen hat?«, fragte sie den jungen Mann stattdessen.

»Nein, Mylady. Er hat seinen Gehrock noch nicht abgeholt.«

Charlotte nickte dankend und sah zu der Treppe, die in die obere Etage führte. Es kribbelte ihr in den Fingern, einfach die Stufen hinaufzugehen und nachzusehen, was den Lord solange dort oben hielt. Sie wusste nicht, was es war, aber irgendetwas sagte ihr, dass es hier nicht mit rechten Dingen zuging. Zumal sich Lord Murray seit einiger Zeit wieder zwischen den Gästen aufhielt und die beiden somit keine geschäftlichen Dinge zu besprechen hatten.

Verstohlen blickte sie sich um. Niemand schenkte ihr Beachtung, alle waren zu sehr in Gespräche vertieft oder mit Tanzen beschäftigt. Hastig raffte sie die Stoffe ihres Kleides, damit sie nicht drauftrat und hängenblieb, und eilte die Treppe nach oben.

»Lord Ranfield?«, fragte sie zögerlich und wahrscheinlich viel zu leise, als dass er sie hören könnte. Sie hatte Angst, hier oben erwischt zu werden. Dennoch schritt sie mutig voran und klopfte an eine Tür, von der sie hoffte, dass es sich um das Gästezimmer handelte.

»Lady Mainsfield?« Jemand rüttelte lautstark an einer Türklinke.

Charlotte wirbelte herum und lief den Korridor entlang zum nächsten Raum. Sie bediente ebenfalls die Klinke, doch die Tür blieb verschlossen. »Lord Ranfield, sind Sie da drin?«

»Ja«, erklang es mürrisch von der anderen Seite.

»Was ist passiert?« Sie stemmte sich vorsichtig gegen das Holz, wohlwissend, dass es nichts bringen würde.

»Versuchen Sie es nicht, Mylady, es ist zwecklos. Sie ruinieren sich nur Ihr Kleid. Dieser Mistkerl Murray hat mich eingesperrt … Verzeihen Sie meine Ausdrucksweise«, drang seine Stimme gedämpft zu ihr durch.

»Ich verdenke es Ihnen nicht. Würde man mich einsperren, wären meine Worte sicherlich unschicklicher. Wissen Sie, wo er den Schlüssel hingebracht hat?«

»Ich vermute, er trägt ihn bei sich. Können Sie mir ein paar Ihrer Haarnadeln unter der Tür hindurch schieben? Vielleicht gelingt es mir, sie zu öffnen.«

Für einen Moment überlegte Charlotte, ob es richtig war, Henry aus seinem Gefängnis zu befreien. Der Earl hatte sicherlich einen triftigen Grund für sein Handeln. Doch auf der anderen Seite gehörte es sich absolut nicht, einen Gast während eines Balls im eigenen Haus einzusperren. Welchen Grund Heath auch immer gehabt hatte, das Problem konnte bestimmt auch auf anderem Wege gelöst werden. Ohne länger zu zögern hob Charlotte die Arme und fischte ein paar der Nadeln aus ihrer kunstvollen Frisur. Sie ging in die Hocke und schob sie unter den Türspalt. Schnell richtete sie sich auf und lauschte gespannt.

Es rappelte und klackte, und nach nur wenigen Sekunden sprang die Tür auf und ein wütender Lord Ranfield stand ihr gegenüber. Seine Wangen waren gerötet, sein Hemd zerknittert und voller Flecken. Anscheinend hatte er öfters als sie versucht, die Tür mit Gewalt zu öffnen. Er rang sich ein gequältes Lächeln ab. »Ich danke Ihnen, Mylady, und entschuldige mich für meine herabwürdigende Erscheinung. Ich hoffe, Sie sehen nun selbst, was ich Ihnen über Lord Murray zu sagen versuchte.«

Charlotte nickte erschrocken. Er deutete eine Verbeugung an und schritt an ihr vorbei durch den Korridor.

»Wollen Sie sich nicht etwas anderes anziehen, Mylord?«, fragte Charlotte und hastete ihm hinterher.

Henry lachte trocken auf und blieb stehen, um sich ihr zuzuwenden. »Ich habe nicht vor, Lord Murray auf seinem eigenen, legendären Winterball bloßzustellen, Lady Mainsfield. Ich bin kein Monster. Doch Sie verstehen sicher, dass ich nach dieser Tortur nicht mehr unter Leute treten möchte. Ich werde das Anwesen durch den Dienstboteneingang verlassen. Lord Murray wird meine Antwort bekommen, doch nicht heute und nicht vor all den Menschen. Mein plötzliches Verschwinden wird bereits für genug Spekulationen sorgen. Auch wenn es mir schwerfällt, Sie nun alleinlassen zu müssen. Ich habe unseren Tanz sehr genossen.« Dieses Mal verbeugte er sich richtig, nahm ihre Hand und küsste sie.

»Lassen Sie sich von Lord Murray nicht in die Ecke drängen«, murmelte Charlotte verlegen und zog ihre Hand zurück, bevor ihre Gefühle wieder verrücktspielen konnten. Sie bewunderte Henry für seine Güte, sein rationales Denken, Heath nicht in der Öffentlichkeit bloßstellen zu wollen, trotz allem, was ihm wiederfahren war.

»Glauben Sie mir, Mylady, das werde ich nicht.« Ein finsteres Lächeln legte sich um seine Mundwinkel. Es wirkte düster, beinahe schon gefährlich. Doch bevor Charlotte weiter darüber nachdenken konnte, wandte er sich von ihr ab und verschwand über eine Treppe, die zur Rückseite des Anwesens führte.

Charlotte atmete tief ein und aus, wartete, bis sich ihr Herzschlag beruhigte. Entschlossen drehte sie sich um, eilte den Korridor zurück und stieg die Treppenstufen hinab. Dieses Mal konnte sie Heath schon aus der Ferne ausmachen. Er stand in der Nähe des Buffets und unterhielt sich mit einigen adrett gekleideten Herren.

Im Vorbeigehen nahm Charlotte eine Champagnerflöte entgegen, deren Inhalt sie sich schneller einverleibte, als gut für sie war. Sie hatte keine Zeit sich Gedanken darum zu machen, ob jemand sie dabei beobachten und sie möglicherweise für eine Trinkerin halten könnte. Das Getränk oder vielmehr der Alkohol verlieh ihr Mut, den sie nun brauchte, um ihren Vormund zur Rede stellen zu können.

Übermütig unterbrach sie die gesprächige Runde und hakte sich beim Gastgeber unter. »Verzeihen Sie, Gentlemen, doch ich benötige Lord Murray bei einer dringenden Angelegenheit, die leider keinen Aufschub duldet. Wenn Sie mir erlauben würden, ihn kurz zu entführen, wäre ich Ihnen sehr verbunden.«

Heath zog missbilligend die Augenbrauen zusammen. »Wenn mein Mündel nach mir verlangt, kann ich mich dem nicht verwehren. Sie entschuldigen, Mylords«, brummte er, um den Anstand zu wahren. Da war er wieder, der Regel liebende, korrekte Lord Murray. Sie hatte kurz überlegt, einen Schwächeanfall vorzutäuschen und ihn unter dem Vorwand, frische

Luft schnuppern zu wollen, nach draußen zu locken, doch der Aufwand schien ihr zu groß. »Was haben Sie vor?«, zischte er leise, als er Charlotte durch den Saal folgte. Sie steuerte auf den großen Balkon zu. »Es schickt sich nicht, ohne Anstandsdame mit mir allein zu sein.«

Eine eisige Kälte schlug ihnen entgegen und brachte die junge Frau augenblicklich zum Frösteln. Sie schlang die Arme um ihren Körper und fuhr wütend zu Heath herum, als sich die Glastür hinter ihnen schloss und die Geräusche dämpfte.

»Genauso wenig schickt es sich, einen ehrbaren Mann in seinem Gästezimmer einzusperren!«

Sprachlos starrte er sie an. Charlotte glaubte, ihn erblassen zu sehen, doch in dem wenigen Licht, das von den Lampen im Saal nach draußen schien, konnte sie es nicht genau erkennen.

Er räusperte sich. »Ich weiß nicht, wovon Sie sprechen.«

»Also leugnen Sie, Lord Ranfield in Ihren Räumen eingeschlossen zu haben?« Sie stemmte abwartend die Hände in die Hüften und blickte ihn herausfordernd an.

»Bitte verhalten Sie sich ruhig. Sie wollen doch nicht zum Gesprächsthema des heutigen Abends werden.«

Charlotte schüttelte den Kopf. Sie vergewisserte sich mit einem schnellen Blick, dass die gemauerte Bank zu ihrer Rechten nicht mit Schnee bedeckt war, und ließ sich darauf nieder. »Dann seien Sie so freundlich und antworten auf meine Frage: Haben Sie Henry eingesperrt?«

»Henry?« Schnaubend fuhr er sich mit der Hand übers Gesicht. »So vertraut sind Sie schon miteinander? Ich dachte, meine Ablehnung wäre eindeutig gewesen.« Er ging ein paar Schritte von ihr fort, nur um sich dann wirsch wieder umzudrehen und zu ihr zurückzukehren. »Ja, ich habe Lord Ranfield in meinem Gästezimmer eingesperrt. Ich bestreite nicht, dass es mir keine Freude gemacht hätte. Doch ich tat es Ihretwegen. Um Sie zu beschützen.« Stürmisch setzte er sich neben sie auf die Bank. Dabei kam er ihr ungebührlich nahe. Charlotte zog scharf die Luft ein. Ihr Herz schlug augenblicklich schneller, ihr Blick blieb an seinen Lippen hängen. Erinnerungen stiegen in ihr hoch. Sie wollte sich in seine Arme werfen, erneut die Berührung seiner Hände spüren und vor allem ersehnte sie nichts mehr als einen weiteren Kuss … »Ich habe nicht um Ihren Schutz gebeten«, flüsterte sie mit erstickter Stimme. »Lord Ranfield scheint mir ein ehrbarer Mann zu sein, der es nicht verdient hat, so respektlos behandelt zu werden.«

Heath lachte. »Ranfield und ehrbar. Zwei Worte, die nicht zueinander gehören. Lord Sheffield, Sie erinnern sich an ihn – er ist ein guter, ehrbarer Mann. Doch Ranfield ist nichts weiter als ein Heuchler. Wenn Sie sich für einen Mann entscheiden wollen, dann wählen Sie Sheffield.«

Charlotte rümpfte pikiert die Nase. »Ich sagte Ihnen bereits, dass ich keinerlei Interesse daran hege, verheiratet zu werden. Insbesondere von niemandem, den Sie mir aussuchen.«

»Ich gestatte Ihnen jeden – Nur nicht Ranfield!« Aufgebracht sprang er auf, verschränkte die Hände hinter dem Rücken und tigerte auf und ab. Er schien vergessen zu haben, dass sie nur durch eine Glasscheibe von der Gesellschaft getrennt waren. Charlotte hatte bereits den ein oder anderen neugierigen Blick ausmachen können. Sie faltete sittsam die Hände in ihrem Schoß. »Dann verraten Sie mir, womit Sie Ihre Abneigung Lord Ranfield gegenüber begründen. Alles, was ich bisher mit eigenen Augen gesehen habe, spricht für ihn. Nicht für Sie, Mylord.«

Sie bemerkte, wie er getroffen zusammenzuckte. Ein verräterisches Glitzern trat in seine Augen. Er öffnete den Mund, als wolle er ihr alles gestehen, doch kein Wort kam über seine Lippen. Traurig schüttelte er den Kopf. »Das kann ich nicht.«

Charlotte nickte tapfer. Dass er ihr anscheinend nicht genug vertraute, um ihr die Wahrheit zu sagen, versetzte ihr einen schmerzhaften Stich ins Herz. Solange er sie nicht vom Gegenteil überzeugen konnte, musste sie annehmen, dass Lord Ranfield die Wahrheit gesagt hatte. Lord Murray war ein kalter, herzloser Mann, der nur auf seinen eigenen Vorteil hinarbeitete.

Würdevoll erhob sie sich von der Bank, strich die Falten ihres Kleides glatt und richtete sich auf. »Das wäre dann alles, was ich Ihnen zu sagen hatte, Mylord. Ich werde nun meine Tante suchen und mit ihr die Heimreise antreten. Ich danke Ihnen für die Einladung.« Grazil versank sie in einem Knicks. Ohne eine Antwort abzuwarten, öffnete sie die Glastür und mischte sich unter die Menschenmenge. Zum Glück fand sie ihre Tante recht schnell. Als diese den Gesichtsausdruck ihrer Nichte bemerkte, ließ sie sich nicht lange überreden. Während der Heimfahrt sprach Charlotte kaum ein Wort. Erst als sich die Tür hinter ihrer Zofe Anna schloss und sie allein auf ihrem Bett saß, erlaubte sie sich, den Tränen freien Lauf zu lassen.

KAPITEL VIERZEHN

Heath hatte in der letzten Nacht kaum Schlaf gefunden. Sein Plan, Ranfield loszuwerden, war nach hinten losgegangen. Er kämpfte zwischen Vernunft und Verlangen. Auf der einen Seite wünschte er sich für Charlotte einen liebenden Ehemann, der mit ihrem Temperament zurechtkam. Auf der anderen Seite würde er diesem Kerl, der sie eines Tages heiratete, am liebsten den Todesstoß versetzen.

Mürrisch ging er zur Anrichte und nahm sich zwei Stück Toast, Käse und clotted cream. Er verteilte es auf dem Teller und schlenderte zurück zum Tisch. Ein Diener goss ihm Kaffee ein, während ein anderer ihm die *Times* an seine rechte Seite legte, ehe sich beide wieder zurückzogen.

Er wollte gerade in den Toast beißen, als die Tür schwungvoll geöffnet wurde und seine Mutter erschien. Stirnrunzelnd warf er einen Blick auf die Standuhr. Es war erst neun, warum in Gottes Namen war sie bereits auf den Beinen, wo sie doch gewöhnlich bis Mittag schlief?

»Guten Morgen, mein lieber Sohn. Hach, das war ein wundervoller Abend gestern, ich bin so voller Elan«, zwitscherte sie und steuerte auf die Anrichte zu, ehe sie sich Eier und Schinken auf den Teller schaufelte. War sie nun vollends verrückt?

»Darf ich erfahren, warum du so früh auf den Beinen bist?«

Sie kam zum Tisch, ließ sich nieder und breitete die Serviette auf ihrem Oberschenkel aus. »Ich bin so aufgeregt. Jane hat mir gestern erzählt, dass Ranfield ihrer lieben Nichte den Hof machen will. Er beabsichtigt, sie zu heiraten, stell dir vor. Somit musst du dir keine Sorgen mehr machen, dass du sie nicht loswirst«, gab sie lächelnd zurück und tätschelte seine Hand. Er ließ den Toast sinken, seine Eingeweide zogen sich zusammen.

»Er gedenkt, ihr den Hof zu machen?«, hakte er nach.

Sie goss sich Tee ein und fügte ein Stück Zucker hinzu. »Natürlich. Das war doch abzusehen. Lady Charlotte ist eine reizende Person und Jane ist sehr erfreut darüber, dass ein gutaussehender Gentleman wie Ranfield Interesse an ihrer Nichte hegt.« Sie sah hoch und runzelte die Stirn. »Weshalb freust du dich nicht darüber? Das sollte doch für dich ein Grund sein, augenblicklich in einer Spielhölle zu verschwinden.«

Heath bemühte sich um einen neutralen Gesichtsausdruck und zwang sich zu einem Lächeln. »Natürlich, ich hätte allerdings nicht damit gerechnet, dass sich Lady Charlotte so schnell für einen Gentleman entscheidet, war sie dem Heiraten doch eher abgeneigt.«

Seine Mutter zwinkerte ihm zu, ehe sie das Rührei auf die Gabel spießte. »Du weißt doch, wie es bei mir und deinem Vater war. Liebe auf den ersten Blick, wenn man es so will. Zumindest bist du dann die erste Schwester los, fehlen demnach nur noch die Zwillinge.«

Sie schob sich die Gabel genüsslich in den Mund. Was zur Hölle war letzte Nacht mit seiner Mutter geschehen? Der Drache hatte sich in ein Lamm verwandelt?

»Hast du gestern die leidige Sache mit Lady Jane geklärt? Wie auch immer eure vermaledeite Wette ausgeht, das Pferd bleibt hier.«

Sie schluckte den Bissen hinunter und legte die Gabel zur Seite, nahm einen Schluck Tee, als hätte sie keine Eile. Ihre Ruhe trieb Heath beinahe in den Wahnsinn. Wie jedes Jahr, wenn er hier verweilte, verspürte er den Wunsch, schnellstmöglich wieder nach London zurückzukehren. Dieses Anwesen mitsamt seinem Inhalt machte einen Menschen aus ihm, den er nicht kannte – irrational, unbesonnen und aufgebracht.

»Wir haben gestern nicht darüber geredet, aber mach dir keine Sorgen, ich gewinne sowieso.«

»Das will ich hoffen, Mutter, ansonsten wird es ein Nachspiel haben«, knurrte er, legte die Serviette auf den Tisch und schoss vom Sessel hoch.

Sie schüttelte den Kopf. »Du liebe Güte, hast du schlecht geschlafen oder woher rührt deine schlechte Laune? Der Winterball war ein Erfolg, die Leute reden nur Gutes über dich.«

Als ob es ihn interessierte, was die Meute über ihn dachte.

»Wenn du mich entschuldigen würdest, Mutter, ich habe noch zu tun.«

Sie schürzte die Lippen. »Aber du hast doch keinen einzigen Bissen gegessen, mein Sohn. Du wirst noch vom Fleisch fallen.«

Er ignorierte sie, ging davon und drehte sich vor der Tür trotzdem noch um. In diesem Augenblick erkannte er das satanische Lächeln auf ihren Zügen, ehe es so schnell verschwand, wie es gekommen war. Sie wollte ihm aus einem unerfindlichen Grund das Leben zur Hölle machen.

Seine liebe Mutter sollte allerdings nicht vergessen, dass er es war, der die Zügel in der Hand hielt. Das einzige, das ihn heute noch aufheitern würde, war ein schneller Ritt durch die Schneelandschaft. Er ging nach oben, ließ sich von seinem Kammerdiener einkleiden und suchte schließlich den Stall auf.

»Guten Morgen, M'lord, welches Prachttier darf es sein?«, fragte der Stallmeister und nahm den Hut als

Zeichen des Respekts ab. Den Strohhalm zwischen seinen Zähnen allerdings behielt er drin.

»Storm«, brummte Heath. »Ich warte draußen.«

Er nickte. »Türlich Türlich, Mylord. Ich beeile mich.«

Heath stapfte wieder aus dem Reitstall, sog die kalte Luft tief in seine Lunge ein. Er hatte gedacht, über die Schmach mit Ranfield hinweg zu sein. Dass es nichts mehr gäbe, was ihn an dieser Sache noch aufregen konnte, aber er hatte sich furchtbar getäuscht. Ranfield schwelte wie ein Feuer in seinem Inneren, er erinnerte ihn an sein eigenes Versagen, dass es ihm nicht gelungen war, einen Menschen vor ihm zu beschützen. Das war das einzige Mal, dass er aus tiefstem Herzen geliebt hatte.

Heath war der Ansicht gewesen, keine Frau der Welt vermochte sein Herz wieder so zu berühren, wie es Lady Annabelle Winston getan hatte. Die Frau, die letztendlich mit Ranfield durchgebrannt war. Die Frau, die nur ein Jahr nach der Eheschließung Selbstmord begangen hatte, weil Ranfield ihr ständig untreu gewesen war und ihr die Tatsache, dass sie noch immer nicht schwanger war, vorgeworfen hatte.

Selbst damals hätte er noch um Annabelle gekämpft, wenn sie nicht so furchtbar vernarrt in Henry gewesen wäre. Er hätte dafür sorgen können, dass sie sich nicht für diesen schlimmen Weg entschied. Und doch hatte sie es getan. Heath hätte wenigstens erwartet, dass dieser Mistkerl um sie trauerte, stattdessen war er nach zwei Wochen wieder in London gesehen worden – in verruchten Etablissements und Spielclubs, als hätte es nie etwas anderes in seinem Leben gegeben, wofür es sich zu leben lohnte.

»Mylord?«, riss ihn die Stimme des Stallmeisters aus den Gedanken. Er hielt ihm die Zügel hin. »Ich wünsche Ihnen einen angenehmen Ausritt. Wenn Sie mir die Bemerkung erlauben dürfen: Es soll heute Abend ein Schneesturm aufziehen, deswegen würde ich Ihnen raten, nicht zu weit zu reiten.«

»Danke für Ihre Sorgen«, entgegnete er etwas freundlicher und zwang sich zu einem Lächeln. Mr. Willings stand seit zwei Jahrzehnten in den Diensten der Familie, auf ihn hatte er sich immer verlassen können.

»Immer, Mylord.«

Er tätschelte Storm gegen die Flanke, ehe er wieder im Stall verschwand. Heath drückte die Fersen gegen das Tier und schnalzte mit der Zunge. Gleichmäßig trabte der Riese los. Als sie die Grundstücksgrenze erreicht hatten und offene Fläche auf sie wartete, trieb er den Hengst zum Galopp an. Eisiger Wind schlug ihm um die Ohren, Schneeflocken tänzelten in der Luft. Die Freiheit, die er auf dem Rücken des Tieres verspürte, ließ ihn innerlich ruhiger werden. Er musste wieder klare Gedanken fassen, anstatt ständig an Lady Charlotte zu denken, auch wenn er noch nicht wusste, wie er sie von dieser Heirat abbringen sollte.

Sie würde ihn zweifellos hassen, wenn er die Karte mit dem Vormund erneut ausspielte, aber letztendlich würde er darauf zurückgreifen, wenn es keine andere Möglichkeit gab.

Er hatte Annabelle an diesen Mistkerl verloren.

Er würde nicht auch noch Charlotte verlieren.

❄

Als er am späten Nachmittag in der Bibliothek saß, hörte er aufgebrachte Stimmen im Eingangsbereich. Heath meinte sich daran zu erinnern, dass für heute niemand erwartet wurde. Umso mehr wunderte es ihn, dass scheinbar ein Aufruhr ausgebrochen war. Er legte das Buch zur Seite, vernahm gedämpfte Laute, konnte aber nichts Näheres verstehen. Es handelte sich aber definitiv um Frauen. Irritiert stand er auf, durchquerte den Raum und öffnete die Tür, als ihm sein Butler entgegenhastete. Er hatte den Mann nur wenige Male in einem solch dringlichen Tempo gesehen, deswegen rechnete er mit dem Schlimmsten.

»Was ist passiert?«, kam er sogleich zum Punkt und schloss die Tür hinter sich.

»Mylord«, keuchte der Bedienstete und fuchtelte aufgeregt mit den Händen, während er vor sich hin stotterte, »d-die Schwestern Ihrer L-Ladyschaft sind hier. Mit Lord Sh-Sheffield. Sie scheinen wahrlich aufgebracht z-zu sein.«

Heath riss die Augen auf. »Lady Ophelia und Lady Alexandra sind mit Sheffield hier?«

»In der Tat, Mylord.«

Ohne zu zögern nahm Heath die Beine in die Hand und hastete nach unten in die Eingangshalle. Er musste sich persönlich davon überzeugen. Was fiel seinem Freund nur ein, mit den beiden hierherzureisen?

Auf der Mitte der Treppe erhaschte er einen Blick auf viele Lagen Stoff und einen heillos überforderten Sheffield, der sich mehrmals die Haare gerauft haben musste, betrachtete man die zerzauste Frisur.

»Was ist hier los?«, donnerte Heath' Stimme durch die Eingangshalle, woraufhin die beiden Damen sich eilig umdrehten und in einen Knicks versanken.

»Wir müssen dringend mit Ihnen reden, Mylord«, begann Ophelia und sah ihn aus besorgten, großen runden Augen an.

»Ja, das müssen wir. Und außerdem sollten Sie ein Gespräch mit Lord Sheffield führen. Stellen Sie sich vor, er wollte uns aufhalten, als wir in die Kutsche stiegen! Unerhört. Es hat schließlich lange genug gedauert, Mrs. Malcolm Laudanum in den Tee zu mischen, um sie außer Gefecht zu setzen«, plusterte sich Alexandra auf und warf Sheffield einen Todesblick zu. Sein Freund sah aus, als könnte er mehrere Drinks vertragen.

»Laudanum?«, rief Heath aus und bedachte die beiden mit einem erbosten Blick, der sie nicht zu interessieren schien. Sie wirkten völlig aufgebracht.

»Ich konnte sie nicht aufhalten. Sie waren wild entschlossen, hierherzukommen, nachdem in London das Gerücht herumschwirrt, du und Ranfield würdet um die Aufmerksamkeit von Lady Charlotte buhlen.«

Heath hob eine Augenbraue. »Das Gerücht hat sich schon bis nach London verbreitet? Grundgütiger, haben diese Klatschbasen nichts Besseres zu tun?«

»Wenn Sie gestatten, Mylord ...«

Heath hob ruckartig die Hand und brachte die Jüngste damit zum Schweigen. Er ließ die letzten Stufen hinter sich und kam auf die beiden Beinahe-Ausreißerinnen zu. Während Alexandra Anzeichen von Furcht in ihren Augen zeigte, war die andere nicht gewillt, den Blick zu senken. Im Gegenteil, sie hielt ihn starr auf Heath gerichtet, als wollte sie ihm demonstrieren, dass er ihnen nichts zu sagen hätte. Wie sehr sie sich irrte.

»Warum sind Sie hier? Ich meine in der Tat, hier, in diesem Haus? Warum nicht bei Ihrer Tante Jane?«, hakte er misstrauisch nach und erntete zugleich schuldbewusste Mienen und nervöse Handbewegungen.

»Weil wir etwas Dringliches mit Ihnen besprechen müssen. Tante Jane soll nichts von unserer Anwesenheit wissen, sie würde nicht gutheißen, dass wir allein verreisen wollten.«

Sheffield sog scharf die Luft ein. »Ich konnte Sie beide zwar von diesem irrwitzigen Plan abhalten, aber es ist bei Gott auch nicht besser, wenn Sie mit mir verreisen.«

Sie lieferten sich ein stummes Blickduell, was Heath fast amüsiert hätte, wenn die Ernsthaftigkeit der Situation nicht wie ein Damoklesschwert über ihnen schweben würde. Sheffield hatte zweifellos recht. Sie riskierten ihren Ruf.

»Myladies, ist Ihnen beiden bewusst, dass dieser kleine Ausflug einen handfesten Skandal auslösen könnte?«, brummte Heath und verschränkte die Hände hinter dem Rücken, während er vor ihnen stehen blieb. »Das bedeutet, ich würde Sie beide nur an einen ungeeigneten Heiratskandidaten loswerden. Mir wäre es einerlei, für Sie allerdings wahrlich bedauerlich. Stellen Sie sich vor, jemand hätte Sie mit Sheffield in der Kutsche gesehen!«

Mit jedem Wort war seine Stimme lauter geworden. Die Zwillinge waren weitaus aufreibender als Charlotte und bei ihr hatte er schon seine Probleme, sie in die richtige Richtung zu lenken.

»Mylord, könnten wir das irgendwo ungestört besprechen? Es kommt mir so vor, als hätten die Wände Ohren«, mischte sich Ophelia ein und nestelte an ihrer Pelisse. Sie fühlte sich hier nicht wohl, das merkte man ihr allein an ihrer starren Körperhaltung an.

Herrgott, er hatte vor lauter Aufregung völlig vergessen, dass sie noch immer in der Halle standen und die Bediensteten sicherlich irgendwo lauschten.

»Natürlich. Folgen Sie mir.«

Heath widerstand dem Drang, zwei Stufen auf einmal zu nehmen, um dieses Gespräch hinter sich zu bringen, damit er die beiden wieder nach London zurückschicken konnte. Sie sprachen kein Wort, bis sie in seinem Arbeitszimmer ankamen und Sheffield als Letzter die Tür schloss.

»Nun, was ist Ihre Erklärung für diese Wahnsinnstat?«, verlangte Heath zu wissen und behielt Sheffield im Auge, der ihm vorkam wie ein geprügelter Hund. Er hatte ihn selten derart abgeschunden und niedergeschlagen gesehen, sodass er sich nicht einmal in die Diskussion einmischte.

Alexandra schürzte die Lippen. »Wir lassen unsere Schwester nicht in den Klauen dieses … dieses …«

Ophelia klopfte ihr gegen den Arm. »Sag doch einfach, was du denkst. Er ist unser Vormund, nicht ein potentieller Ehemann.«

»Mistkerls«, ergänzte Alexandra, angestachelt von ihrer Schwester, konnte die Röte auf ihren Wangen allerdings nicht verbergen.

Heath überhörte das Wort, für das er ihren Mund am liebsten mit Seife auswaschen wollte, und konzentrierte sich stattdessen auf die unterschwellige Botschaft in dieser Aussage. »Was meinen Sie damit, Lady Alexandra? Sie kennen Ranfield nicht.«

Sie straffte die Schultern, ein missbilligender Zug zeichnete sich auf ihren Lippen ab. »Ich habe viele Freundinnen, Mylord, und als das Gerücht die Runde machte, hat mich eine von ihnen aufgesucht und mir mitgeteilt, wie schäbig dieser Ranfield mit Frauen umspringt. Sie wusste es natürlich nur, weil eine Freundin ihrer Freundin mit der Mätresse seines …«

»Grundgütiger«, hallte Heath‘ Stimme donnernd durch den Raum. »Sie pflegen Kontakte zu Freundinnen, die mit Mätressen verkehren?«

Sie blinzelte unschuldig. »Ich verstehe Ihr aufgebrachtes Verhalten nicht, Mylord. Wen auch immer Sie mir als Ehemann vorgeschlagen hätten, mein erster Weg hätte mich zu einer Freundin geführt, die viele Mätressen kennt und womöglich auch den Namen des potentiellen Ehemannes.«

Sie trug es so vor, als handelte es sich dabei um etwas völlig Natürliches. Heath fuhr sich mit der Hand übers Gesicht und nahm einen tiefen Atemzug. »Über diese Sache reden wir ein anderes Mal. Was haben Sie über Ranfield gehört?«

Jetzt war es Ophelia, die das Wort ergriff. »Nun, so einiges, aber was uns wirklich interessierte, war die Verbindung zu Ihnen, Mylord.«

Heath‘ Innerstes gefror zu Eis, seine Kiefermuskeln begannen zu mahlen und er hatte Mühe, sich nach außen hin unbeteiligt zu geben. »Ach, was haben Sie denn gehört?«

Ophelia räusperte sich. »Ich erwähne lediglich so viel, dass es um eine andere Frau ging, die Sie sehr liebten. Wie dem auch sei … wir möchten unsere Schwester vor diesem Mistkerl bewahren, deswegen sind wir hier.«

Wie zur Bestätigung nickte Alexandra eifrig. »In der Tat.«

Heath ging zurück zu seinem Schreibtisch und ließ sich langsam auf dem Sessel nieder. »Ihre Schwester lässt sich nicht davon abbringen. Sie ist fest entschlossen, Ranfield eine Chance zu geben.«

Ophelia schnaubte. »Mir ist bewusst, dass Charlotte unheimlich stur sein kann, wenn sie sich etwas in den Kopf gesetzt hat, aber solang er nicht um ihre Hand angehalten hat, gibt es noch Hoffnung. Und dazu sollten wir zusammenarbeiten.«

Er lehnte sich zurück und spielte mit dem vergoldeten Federhalter, damit seine Finger etwas zu tun hatten. Ja, er würde etwas unternehmen, das allerdings nicht für Frauenohren bestimmt war. Wenn nötig, würde er Charlotte über die Schulter werfen und in ein anderes Land entführen, nur damit sie von Ranfield verschont blieb.

»Wir sprechen hier nicht von einem Duell«, ergänzte Alexandra schnell, als würde sie seine Mimik lesen können. »Wir greifen selbstverständlich zu milderen Methoden, die allerdings nicht weniger wirkungsvoll sind. Trotzdem brauchen wir für unseren Plan Hilfe – nämlich Ihre.«

»Was auch immer Sie vorhaben, schlagen Sie es sich aus dem Kopf und versuchen Sie, Ihre Schwester anderweitig zur Vernunft zu bringen.«

Ophelia verschränkte die Arme vor der Brust, ein wahrlich undamenhaftes Verhalten. »Natürlich werden

Sie uns helfen, wir lassen Ihnen überhaupt keine Wahl.«

Jetzt wurde es spannend. Heath beugte sich nach vorn und warf ihr einen prüfenden Blick zu. »Und warum sollte ich keine Wahl haben? Ich denke, Sie vergessen hier Ihre Position. Sie sind nicht mein Vormund.«

Sie lächelte schmal. »Das ist mir einerlei, aber sollten Sie uns nicht helfen, werden wir Charlotte brühwarm erzählen, dass Sie sie lieben. Und leugnen Sie es nicht – man sieht es Ihnen auf der Nasenspitze an.«

Schachmatt.

Kapitel fünfzehn

Charlotte saß am nächsten Morgen im Wintergarten ihrer Tante und rührte gedankenverloren in ihrem Tee, während sie den Blick in den Garten gerichtet hatte. Sie wusste nicht mehr, was sie noch glauben sollte, wem sie noch trauen konnte. Während sie ihr Herz zunehmend an Heath verlor, sprach die Vernunft in ihr eine völlig andere Sprache … nämlich, dass sie sich für Ranfield entscheiden sollte, schließlich hatte er ihr allein durch seine kryptischen Aussagen zu verstehen gegeben, dass er um sie werben möchte.

Ein Räuspern riss sie aus ihren Gedankengängen. Tante Janes Butler stand an der Schwelle zum Wintergarten, sein Gesichtsausdruck war nicht erfreut. »Lord Ranfield wünscht Sie zu sprechen, Mylady. Soll ich ihm mitteilen, dass Sie angesichts dieser frühen Uhrzeit unpässlich sind?«

Charlotte lächelte leicht. Es rührte sie, dass sich der alte Herr um ihr Wohlergehen sorgte und die ungewöhnliche Uhrzeit für einen Besuch zum Anstoß nahm, sie vor einem unerwünschten Besucher zu verschonen. »Nein, lassen Sie ihn zu mir kommen, bitte. Servieren Sie uns doch noch einen Tee.«

»Selbstverständlich, Mylady.«

Charlotte schob ihren mittlerweile erkalteten Tee zur Seite und straffte die Schultern. Sie musste endlich wissen, wer von den beiden etwas verschwieg. Allen voran die Wahrheit. Nahende Schritte kündigten Ranfield an.

»Mylady, verzeihen Sie meinen frühen Besuch, aber ich wäre nicht hier, wenn es nicht in der Tat wichtig wäre«, begann er die Konversation, während Charlotte aufgestanden war und vor ihm geknickst hatte.

Er nahm ihre Hand, führte seine Lippen näher, aber das gewohnte Prickeln, das sie bei Heath überfiel, blieb aus. Ihr Herz hatte ihr doch schon längst gesagt, was sie zu tun hatte. Aber es war eben auch das Herz, das sie in der Vergangenheit manchmal zu törichten Entscheidungen bewogen hat.

»Bitte, setzen Sie sich. Darf ich erfahren, worum es sich handelt?«

Ranfield zupfte an den Aufschlägen seines Gehrocks und wischte sich imaginäre Fussel vom Stoff. Er wirkte nervös, aufgebracht, seine Augen suchten unruhig den Raum ab. »Nun, es geht um gestern Nacht. Erlauben Sie mir, dass ich offen spreche, Mylady.«

Charlotte vollführte eine wohlwollende Handbewegung. »Natürlich. Was brennt Ihnen auf der Seele?«

Ein mitleidiger Ausdruck legte sich in seine Augen, so hatte sie ihn noch nie gesehen. »Verzeihen Sie meine Direktheit, Mylady, aber ich würde Sie liebend gern zu meiner Frau machen. Sie sind so eine warmherzige und bescheidene Person, eine Blume inmitten einer Wüste, wenn man es so sehen will.«

Völlig überrumpelt riss Charlotte die Augen auf. Sie hatte damit gerechnet, dass er Heath um die Erlaubnis für eine Werbung bitten würde, nicht aber, dass er hier einen Antrag machte.

»Ähm …«, sie räusperte sich und nahm die Tasse in ihre Finger. Ihr Hals sehnte sich nach Flüssigkeit, auch wenn sie bereits erkaltet war. »Nun, ich bin ehrlich gesagt ein wenig überfordert mit der Situation, Mylord. Verstehen Sie mich nicht falsch, es ehrt mich, aber wir sind uns doch kaum bekannt und es wird für Gesprächsstoff sorgen, wenn wir die Verlobungszeit nicht einhalten.«

Er verschränkte die Finger ineinander und beugte sich leicht nach vorn. »Das verstehe ich, Mylady. Aber ich habe Sie gesehen und wusste, dass Sie die Richtige sind. Aufrichtig, mit einem großen Herz und Verstand. Und ich verspreche Ihnen, dass ich gut für Sie sorgen würde.«

Charlotte lächelte gequält, Kopfschmerzen machten sich bemerkbar und sie massierte sich die Schläfen. »Erlauben Sie mir ein wenig Bedenkzeit, Mylord. Ich kann diese Entscheidung ohnehin nicht ohne die Zustimmung meines Vormunds treffen, so will es das Gesetz.«

Er nickte bedauernd. »Das verstehe ich. Wenn Sie sich entschieden haben, können Sie mich jederzeit auf meinem Landsitz aufsuchen.«

Charlotte war heillos überfordert mit der Situation, zwang sich aber zu einem abschließenden Lächeln. »Natürlich. Vielen Dank für Ihren Besuch. Aber wie ich schon sagte, das liegt nicht in meiner Macht. Sie müssten Lord Murray erst um sein Einverständnis fragen.«

Charlotte las es ihm an der Miene ab, dass ihm dieser Umstand nicht behagte, seine Kieferpartie verhärtete sich. »Natürlich.«

Als er wieder ging, ließ sie sich auf den Sessel fallen und schnaufte tief durch. Sie wurde das Gefühl nicht los, dass er ihr etwas verschwieg. Etwas äußerst Wichtiges. Und es gab nur eine Person, die sie in dieser Angelegenheit fragen konnte. Dieses Mal kam ihr Lord Murray nicht davon.

Sie stand auf und eilte in ihre Räumlichkeiten, ehe sie sich von Anna in ein Tageskleid helfen ließ. Die Zeit der Geheimnisse war vorüber.

❄

Charlotte wickelte sich enger in ihren Umhang und lauschte dem knirschenden Geräusch der Räder und

Hufen, die sich ihren Weg durch den Schnee bahnten. Kurz nach dem Frühstück hatte der Butler ihr die Nachricht von Lord Murray überbracht, dass er sie umgehend zu sprechen wünschte. Das kam ihr sehr gelegen, schließlich hatte sie sowieso vorgehabt, bei ihm zu erscheinen und ihm die Pistole auf die Brust zu setzen. Sie war gespannt, was er ihr zu sagen hatte, nachdem er ihr am Abend zuvor deutlich zu verstehen gab, dass er sich ihr nicht anvertrauen wollte. Und es wunderte sie, dass er nach ihr schickte, obwohl er sie genauso gut selbst hätte aufsuchen können.

Als sie das Anwesen erreichten, überkam sie ein merkwürdiges Gefühl. Eine Vorahnung, wenn man es so wollte, dass dieses Gespräch kein gutes Ende nehmen würde. Der Butler hastete ihr entgegen. »Guten Tag, Mylady, darf ich Sie hineinbitten?«

»Natürlich.«

»Und Sie bringen die Kutsche hinter das Haus, die Pferde müssen sicherlich versorgt werden«, wandte er sich an Charlottes Kutscher. Sie runzelte die Stirn. Die Fahrt war doch sehr kurz gewesen.

»Wenn Sie mir bitte folgen würden.« Der Mann schien es eilig zu haben, Charlotte hielt kaum Schritt mit ihm.

Sie wurde bereits sehnsüchtig erwartet, jedoch nicht von Lord Murray, sondern von zwei aufgeregten jungen Damen, die plappernd auf sie zu stürmten. Überrascht schloss sie ihre Schwestern in die Arme.

War das die Vorahnung, die sie beschlichen hatte? Dass die Mädchen etwas ausgeheckt hatten?

»Oh Charlotte, du siehst gut aus! Wie ist es dir ergangen?«

»Dein Brief hat uns ins Staunen versetzt. Nun erzähl doch!«

»Und die Gerüchte über dich und Lord Ranfield …«

»Beruhigt euch«, fiel Charlotte ihren Schwestern ins Wort und schüttelte lächelnd den Kopf. Zwei Wirbelwinde wie eh und je. »Ich kann euch nicht verstehen, wenn ihr gleichzeitig sprecht. Was habt ihr hier zu suchen? Ihr solltet doch in London bei Mrs. Malcolm bleiben!«

»London hat derzeit nichts Spannendes zu bieten, alle sind über die Feiertage zu ihren Landsitzen verreist«, erwiderte Alexandra und hob genervt die Schultern. »Nur wir sind übrig geblieben.«

»Liebste Charlotte, wir haben so viel zu bereden«, plapperte Ophelia weiter, »aber leider keine Zeit. Du musst uns vertrauen. Bitte.«

Ihre Augen wurden so groß, dass das Misstrauen in Charlotte aufkeimte. »Was habt ihr ausgefressen?«

»Das erklären wir dir später. Wenn wir in Ruhe bei einer Tasse Tee und den köstlichen Plätzchen von Lord Murrays Köchin reden können. Wir sollen dir auch von Lady Marion die besten Grüße ausrichten.«

Nun war Charlotte vollends verwirrt, ehe ihr einfiel, dass sie ihre Freundin darum gebeten hatte, ein Auge auf die Zwillinge zu werfen. »Oh, sehr erfreulich.«

»Gut, da die Formalitäten nun geklärt sind, würdest du uns bitte folgen?« Ophelia warf einen Blick auf die Standuhr. »Wir haben nicht mehr viel Zeit.«

Sie griff nach ihrer Hand und zog sie zur Treppe. »Du liebe Güte, was ist denn los?«

»Wir haben später einiges zu bereden, aber nicht jetzt«, mischte sich Alexandra ein und legte eine Hand auf ihren unteren Rücken, um sie nach oben in den ersten Stock zu lotsen.

»In der Tat«, entgegnete Charlotte mit hochgezogener Augenbraue. Erst jetzt, nachdem die anfängliche Freude, ihre Schwestern wieder bei sich zu haben, abebbte, wurde ihr bewusst, dass die Zwillinge sich ohne Begleitung und Ankündigung auf den Weg gemacht hatten. »Aber vorher möchte ich wissen, warum in Gottes Namen ihr London verlassen habt? Und dann noch ohne Begleitung! Wisst ihr denn nicht, dass junge Damen nicht einfach so in eine Kutsche steigen und davon fahren dürfen? Ihr törichten Mädchen! Und weshalb seid ihr hierhergekommen, zu Lord Murray, und nicht zu Tante Jane und mir?« Die Fragen sprudelten aus ihr heraus und Charlotte musste sich zurückhalten, nicht noch mehr zu stellen. Sie keuchte, als Ophelia ihr Tempo beschleunigte und auf das Zimmer am Ende des Ganges zusteuerte.

»Wir sind nicht allein gereist«, antwortete Alexandra an ihrer statt. »Lord Sheffield hat uns begleitet. Zuerst wollte er uns davon abbringen, doch schlussendlich ist er mitgekommen.«

Charlotte schnappte empört nach Luft. »Lord Sheffield ist ebenfalls hier? Und hat zugelassen, dass ihr euren guten Ruf in Gefahr bringt?«

»Unser Ruf ist nicht von Bedeutung«, mischte Ophelia sich hastig ein, »wenn wir dich vor einer Dummheit bewahren können.«

»Von welcher Dummheit sprecht ihr?«

Sie blieben vor einer hohen Eichenholztür stehen. »Wir wissen, dass du darüber nachdenkst, Lord Ranfield zu heiraten. Nur über unsere Leichen.«

Charlotte riss überrascht die Augen auf. »Lord Ranfield und ich sind nicht einmal verlobt.«

Erleichtert seufzten die Zwillinge auf. »Gut, wir sind demnach noch nicht zu spät.« Alexandra klopfte an und als Heath‘ Stimme ertönte, vergaß Charlotte sogleich, wie ihre nächste Frage gelautet hatte. Ein warmer Schauer rieselte durch ihren Körper, während sich ein dicker Kloß in ihrem Hals bildete.

Ophelia öffnete die Tür und betrat den Raum. »Sie ist hier.«

»Gut. Ranfields Kutsche fährt gerade ein, wir müssen uns beeilen«, gab Heath zurück und warf einen kurzen Blick auf Charlotte, die fassungslos zwischen den dreien hin- und herblickte.

»Ihr habt euch verschworen?«, brachte sie über die Lippen.

»Du liebe Güte, Charlotte, stell doch nicht dauernd Fragen. Komm einfach mit, du wirst es schon verstehen«, zeterte Ophelia und deutete hinter das

Sofa. »Hier können wir uns verstecken und dennoch jedem Wort lauschen.«

Sie wandte sich hilfesuchend an Heath, der nur leicht nickte.

»Wenn Sie wissen wollen, wer Ranfield wirklich ist, dann hören Sie auf die beiden.«

Donnernde Schritte nahmen Charlotte die Entscheidung ab und sie eilte mit den Zwillingen hinter das hohe Sofa. Wie jemand, der etwas ausgefressen hatte, hockte sie sich hin und warf ihnen einen erbosten Blick zu. »Das wird Konsequenzen haben«, zischte sie.

Alexandra hielt sich den Finger an die Lippen und atmete ein letztes Mal tief durch. Als die Tür geöffnet wurde und Ranfields Stimme erklang, vollführte ihr Herz einen Satz.

»Murray«, sagte er gedehnt, Charlotte erkannte eindeutig die Abneigung in diesem einen Wort.

»Ranfield. Was kann ich für dich tun?«

Ein leises Lachen erklang. »Ich will es schnell hinter uns bringen. Du sollst die frohe Botschaft gleich erfahren.«

»Und die wäre?«

Charlotte vernahm, wie er sich auf den Sessel sinken ließ. Oder war es Ranfield?

»Lady Charlotte und ich werden heiraten. Dummerweise brauchen wir dazu deine Erlaubnis, aber die wirst du ihr sicher gewähren, wenn dir etwas an deinem Leben liegt.«

Charlotte presste sich die Hand vor den Mund, um nicht empört aufzuschreien.

»Du drohst mir?«, fragte Heath ruhig, als könnte ihn kein Wässerchen trüben.

Wieder dieses diabolische Lachen, das Ranfield von einer ganz anderen Seite zeigte. »Das Leben ist gefährlich, alter Freund. Ein Unfall kann schnell geschehen.«

»Du willst also Lady Charlotte heiraten und ihr damit dasselbe antun wie Annabelle, deiner verstorbenen Frau?« Jetzt vernahm Charlotte eindeutig Wut in Heath' Stimme. Sie fühlte die Hände der Zwillinge auf ihren Unterarmen und war dankbar für die Stütze.

»Nun werd nicht theatralisch, Murray. Ich bezweifle, dass dir irgendetwas an dieser Lady liegt. Sie ist ein netter Zeitvertreib, ganz hübsch anzusehen, aber mehr auch nicht.« Henry lachte.

»Mir liegt sehr wohl etwas an Lady Charlotte Mainsfield. Sie ist mein Mündel. Und ich lasse nicht zu, dass du ihr Schaden zufügst. Du hast bereits einer Frau, die mir die Welt bedeutete, das Leben genommen. Das werde ich nicht noch einmal zulassen.«

Charlotte hatte Mühe, ihre hockende Position zu behalten, so sehr zitterten ihre Knie. Henry hatte sie belogen. Abgesehen davon, dass er nicht verlobt, sondern sogar vermählt gewesen war, hatte er Heath die Frau weggenommen.

»Genau genommen, hat sie ihrem Leben selbst ein Ende gesetzt«, erwiderte Henry. Er klang ausgesprochen gleichgültig. Als würde ihn der Tod dieser Frau völlig kalt lassen.

»Weil du sie dazu getrieben hast!«, brüllte Heath. »Du kannst nicht von einer Dame verlangen, dir eine gute Ehefrau zu sein, wenn du selbst jede Nacht in einem anderen Bett verbringst, du ehrenloser Mistkerl!«

Er seufzte, als würde ihn diese Unterhaltung langweilen. »Sie ist ihrer Pflicht als Ehefrau nicht nachgekommen. Ich hatte keine Verwendung mehr für sie.«

Charlotte hörte, wie Heath scharf die Luft einzog. »Lady Annabelle Winston hatte mehr verdient als jemanden wie dich!« Seine Stimme bebte, etwas schlug hart auf der Tischplatte auf. »Ich werde den Teufel tun und dabei zusehen, wie du das gleiche auch mit Charlotte vorhast!«

Charlottes Herz schlug augenblicklich schneller. Er hatte sie in Anwesenheit eines anderen Mannes beim Vornamen genannt. Ihr Atem beschleunigte sich. Das konnte alles gar nicht wahr sein! Wie hatte sie sich so in Ranfield täuschen können? Mit zitternden Fingern lehnte sie sich gegen das Sofa. Sie spürte Alexandras Hand auf ihrem Arm, und sie war dankbar, für die Anwesenheit ihrer Schwestern. Doch die trostspendende Geste verfehlte ihre Wirkung. Wie hatte sie nur so naiv sein können zu glauben, jemand hegte ernsthaftes Interesse an ihr?

Lady Annabelle Winston …. Mit einem Mal empfand sie tiefstes Mitgefühl für Heath. Seine große Liebe hatte sich für einen anderen Mann entschieden und anschließend aus Verzweiflung Selbstmord begangen. Das musste furchtbar gewesen sein. Sie verstand nun seine kühle Haltung Frauen gegenüber und dass er nichts mit ihnen zu tun haben wollte. So auch mit ihr und ihren Schwestern. Doch anstatt ihnen freie Hand bei ihrer Wahl zu lassen, wollte er sie in eine Ehe drängen. Sie stutzte. Vielleicht tat er es auch deshalb, weil er aufgrund der freien Wahl seine Frau verloren hatte. Ein eiskalter Schauer jagte ihr über den Rücken.

»Du kannst heulen und jammern so viel du willst, Heath«, spottete Henry. »Sie ist tot und wird nicht wiederkommen. Aber nachdem ich in der testamentarischen Verfügung meines Alten in spätestens zwei Wochen verheiratet sein muss, wirst du mir den Antrag gewähren.«

Dieses Mal war es Heath, der leise lachte. »Oh, du verlierst sonst dein gesamtes Vermögen, nehme ich an. Wie tragisch.«

Für einen Moment hielten Charlotte und ihre Schwestern den Atem an. Die Stille war unerträglich, ihre Nerven zum Zerreißen gespannt auf das, was Lord Murray ob dieser Unverschämtheit nun tun würde.

Schritte ertönten, Gläser klirrten aneinander und es klang, als würde sich jemand ein Getränk einschütten. »Ich denke, die Damen haben genug gehört.«

Sofort schoss Ophelia in die Höhe, als hätte sie nur auf diesen Moment gewartet. Charlotte kam mit Alexandras Hilfe zum Stehen und musste sich an der Lehne des Sofas festhalten, um nicht umzukippen. Sie war mit der Situation vollkommen überfordert. Ihr Blick wanderte zwischen Heath und Ranfield hin und her, sie wusste nicht, auf wen sie sich zuerst konzentrieren sollte. Heath stand vor dem Tisch mit den alkoholischen Getränken, ein gefülltes Glas in seinen zitternden Händen. Seine Wangen waren gerötet, die Augen sprühten Funken. Er musste innerlich beben vor Zorn. Vorsichtig glitt ihr Blick zu Henry. Er schien ebenso geschockt zu sein wie sie, nur über den Umstand, dass sie belauscht worden waren.

»L-Lady Charlotte«, stotterte er und verbeugte sich hastig. Seine wutverzerrte Miene wechselte von einer Sekunde zur anderen zu einem heiteren Lächeln. »Ich habe Sie nicht erwartet. Obgleich ich Sie bereits vermisst-«

»Sparen Sie sich Ihre schmeichelnden Worte«, brachte Charlotte mit kratziger Stimme hervor und verstärkte den Griff um die Hand ihrer Schwester. »Sie haben mich von Anfang an getäuscht, Mylord. Ich dachte wirklich, Sie seien ein aufrichtiger Mann, doch Sie haben meine Gutmütigkeit schamlos ausgenutzt.«

Der Viscount fuchtelte mit den Händen, als würde er alles daran setzen wollen, die Situation zu seinem Vorteil zu drehen. »Möglicherweise habe ich Ihnen das ein oder andere Detail über mich verschwiegen. Aber spielt das eine Rolle? Sie haben die Verbindung zwischen uns auch gespürt, das weiß ich. Die Funken, als ich Sie im Gasthof in Basingstoke das erste Mal berührte ...«

»Das reicht!«, knurrte Heath.

Charlotte straffte die Schultern. »Es tut mir leid, Sie enttäuschen zu müssen, Lord Ranfield. Sie scheinen Ihre Wirkung auf Frauen zu überschätzen. Ich wünsche, Sie nie wiederzusehen und Ihnen alles Gute mit einem nicht vorhandenen Vermögen.«

Mit offenem Mund starrte er sie an. »Lady Charlotte ...«

»Du hast die Lady gehört.« Lord Murray war zur Tür getreten, hatte sie geöffnet und deutete nun mit einer ausladenden Geste nach draußen. »Verschwinde.«

Schnaubend stapfte Henry an den Damen vorbei. »Das werdet ihr alle bereuen«, zischte er und verließ den Raum.

»Keine Sorge, Lord Ranfield«, rief Alexandra ihm hinterher. »Es wird schon länger über Sie gemunkelt und es wird mir eine Freude sein, die Gerüchte über Sie zu bestätigen.«

Ihr Vormund räusperte sich. »Ich würde gern allein mit Lady Charlotte sprechen.«

Ophelia drückte aufmunternd die Hand ihrer Schwester und die Zwillinge kamen seiner Aufforderung nach.

Heath schloss die Tür und deutete auf den Stuhl vor seinem Schreibtisch. »Nimm Platz.«

Das vertraute Du fühlte sich so wunderbar an, dass Charlotte kurz vergaß, was sie gerade gesehen und gehört hatte. Er trat um den Tisch herum und setzte sich ihr gegenüber. Langsam ließ Charlotte sich auf das Polster sinken. Sie war dankbar dafür, sich setzen zu können. Ihre Beine zitterten so sehr, dass sie befürchtete, sie könnten sie nicht länger aufrecht halten.

»Es gibt keine Entschuldigung für das, was ich getan habe«, wisperte sie und schluckte. »Ich war geblendet von seinen Worten und habe ihn vor dir in Schutz genommen. Du musst mir glauben, dass ich keine Ahnung hatte. Ich wollte lediglich Antworten haben. Wenn ich gewusst hätte …«

»Dich trifft keine Schuld.« Heath' Stimme klang ruhig. »Du wusstest nichts von seinem wahren Ich. Das tat nur ich und ich bereue, die Wahrheit nicht eher offenbart zu haben.«

Charlotte holte tief Luft. »Ich hätte auf dich hören sollen, es tut mir leid.«

Er nahm ihre Entschuldigung nickend an. »Du verstehst hoffentlich, dass ich dir von Anfang an nichts Böses wollte und nur dein Wohl im Sinn hatte. Genau wie das deiner Schwestern.«

»Ja, das verstehe ich.« Demütig senkte Charlotte die Lider. Sie konnte dem anklagenden Blick aus seinen stahlgrauen Augen nicht länger standhalten. Sie wollte ihn berühren, ihre Hand auf seine legen, nur um ein wenig seiner Wärme zu erhaschen. Doch sie wagte es nicht. Irgendetwas hatte sich zwischen ihnen verändert. Sie spürte die Distanz, die er ihr plötzlich entgegenbrachte, und es tat ihr im Herzen weh, auch wenn sie ihn verstehen konnte.

»Wie geht es nun weiter?«, fragte sie leise.

Er seufzte und nahm einen ausgiebigen Schluck seines Getränks. »Ich werde morgen abreisen und nach London zurückkehren. Geschäftliche Angelegenheiten zwingen mich dazu. Und dann kümmere ich mich um deine Zukunft. Unser ursprüngliches Problem ist nicht vom Tisch.«

Charlotte brachte nur ein knappes Nicken zustande. Kein Wort über ihren Kuss. Sein Blick machte ihr deutlich, dass es nie etwas zwischen ihnen gegeben hatte und auch niemals geben würde. Er wollte weiter nach einem Ehemann für sie suchen und dann trennten sich ihre Wege. Sie schloss die Augen. Eine einzelne Träne bahnte sich einen Weg über ihre Wange.

Kapitel sechszehn

London, kurz vor Jahreswechsel

Heath hatte geglaubt, dass sein innerer Frieden wiederkehren würde, sobald er in London verweilte. Dass die Stadt ihn daran erinnerte, wofür er stand, und was er erreicht hatte. Stattdessen hatte ihn ein Gefühl von Leere überkommen. Zum ersten Mal in seinem Leben wollte er länger in Hampshire verweilen, mit Charlotte durch den Schnee spazieren, vorm Kaminfeuer sitzen und mit ihr Ausritte durch das County unternehmen.

Dass er sein Herz an sie verloren hatte, war ihm in diesem Moment bewusst geworden, als er Charlottes Gesicht in seinem Arbeitszimmer gedeutet hatte. Sie hatte es sich überlegt, Ranfield eine Chance zu geben, und das nagte an ihm. Es verletzte nicht nur seinen Stolz, sondern auch sein Herz.

Als es an der Tür klopfte, trat Heath vom Fenster seines Arbeitszimmers weg. »Ja?«

Sheffield kam herein und nickte ihm leicht zu. »Ich wollte nachsehen, wie es dir geht, alter Freund. Du bist in den letzten Tagen wie verschollen.«

Heath schnaubte. »Ich sehe keinen Grund, mich unter die Leute zu mischen, du etwa?«

Er kam näher, ließ sich auf dem Sessel nieder und fuchtelte mit der Hand. »Bitte setz dich hin, ich kann es nicht leiden, wenn du so klug auf mich herabschaust.«

Obgleich ihm nicht danach war, bogen sich Heath' Mundwinkel leicht nach oben. »Was willst du, Sheffield? Ich werde dich nicht zu *Tattersall's* begleiten.«

Er grinste. »Deswegen bin ich nicht hier. Es geht um etwas anderes. Nachdem du so viel für mich getan hast, wollte ich mich bei dir revanchieren.«

Misstrauen erwachte in Heath, als sein Freund in die Innentasche seines Gehrocks griff und ihm einen Brief entgegenstreckte. »Du kannst mir später danken.«

Mit gerunzelter Stirn nahm ihn Heath an sich und drehte ihn um. »Das Siegel des Erzbischofs?«

Sheffield strahlte wie ein kleiner Junge, der gerade auf einen Baum geklettert war. »In Gottes Namen, deine Unterschrift war in der Tat schwer zu fälschen, aber nach zig Versuchen ist es mir doch gelungen.«

Sein Herz machte einen Satz. »Was ist das, Sheffield?«

Das Grinsen wurde noch breiter. »Eine Heiratserlaubnis, mein Freund. Es wird auch Zeit, dass du Lady Charlotte endlich darum bittest, deine Frau zu werden.«

Der Brief glitt ihm aus der Hand, während ihm der Mund sperrangelweit offenstand. »*Was?*«

Sheffield stöhnte auf und fuhr sich über das Gesicht. »Sogar ein Blinder erkennt, wie sehr ihr ineinander vernarrt seid. Verzichte nicht deines Stolzes wegen auf eine wunderbare Frau, hör auf deinen alten Freund.«

Heath brach das Siegel auf und holte das Dokument hervor. In der Tat war es Sheffield gelungen, die Unterschrift wie seine aussehen zu lassen. »Du warst in meinem Namen beim Erzbischof?«

Er wusste nicht, ob er ihm dafür danken oder besser einen Kinnhaken verpassen wollte.

»Einer musste es ja tun, während du hier deine Wunden leckst. Und jetzt beweg deine Hintern endlich aus diesem Stadthaus. Du hast eine verdammte Aufgabe zu erledigen.«

❄

Die Fahrt zu Charlotte verging für seinen Geschmack viel zu schnell. Er hatte die letzten Tage oft überlegt, ob er sie aufsuchen sollte, aber die Schmach hatte zu tief in seinen Knochen gesessen. Was, wenn er sich nun zum Narren machte und sie nicht dasselbe für ihn empfand wie er für sie?

Sein Magen rebellierte, als die Kutsche stehenblieb und der Verschlag geöffnet wurde. Er wusste nicht, wann sein Herz das letzte Mal derart schnell geschlagen hatte. Während er die breite Treppe nach oben ging, erinnerte er sich daran, wie er das erste Mal hier gewesen war. Nur wenige Wochen vorher und nun hatte sich sein Leben völlig verändert.

Er wurde vom Butler eingelassen, der ihm Hut und Mantel abnahm. »Sagen Sie Lady Charlotte bitte, ich wünsche Sie zu sprechen.«

»Natürlich, Mylord. Wenn Sie währenddessen wohl im Grünen Salon Platz nehmen wollen.«

Heath ließ sich kein zweites Mal bitten. Er betrat den beheizten Raum und sog den vertrauen Duft von Holz und alten Büchern tief in seine Lunge ein. Während er sich die Worte überlegte, wurde die Tür geöffnet und Charlotte erschien. Mit einem Mal war es leer in seinem Kopf.

Sie sah traurig aus, beinahe verloren, sodass es ihm einen Stich versetzte.

»Lord Murray, wie kann ich Ihnen helfen?«

»Heath«, flüsterte er, »mein Name ist Heath.«

Selbst wenn sie seine Aussage irritierte, ließ sie es sich nicht anmerken. Sie deutete auf die Chaiselongue, ehe sie den Lehnstuhl anvisierte. Bevor sie sich hinsetzen konnte, fasste er sanft an ihre Schultern und sie verharrte in der Bewegung. Er bemerkte ihr leichtes Zittern. Vorsichtig kam sie wieder in die Senkrechte und sah ihn aus großen braunen Augen an.

»Charlotte«, begann er und sie hielt vor Anspannung den Atem an. Er schüttelte den Kopf, nahm ihr Gesicht in seine Hände und streichelte mit den Daumen über ihre weiche Haut. »Liebste Charlotte, wir hatten wahrlich keinen guten Start. Es ist einiges zwischen uns vorgefallen, und ich weiß, dass ich ein Narr war. Du gehst mir einfach nicht mehr aus dem Kopf. Egal, wie oft ich versuche, dich aus meinen Gedanken zu verbannen, ich bin machtlos. Ich würde niemals einen Ehemann für dich finden, der meinen Ansprüchen genügen könnte. Ich musste erkennen, dass ich dies auch gar nicht will. Nein, ich will dich. Und bei Gott, ich hoffe, du willst mich genauso.«

Charlottes Finger begannen zu beben. Ihr Blick hing an seinem Mund, sie schien die Worte aufzusaugen, rang wie ein Ertrinkender nach Luft. Dass sie schwieg, machte es nicht besser, aber er erkannte in ihren Augen, dass sie genauso empfand wie er. Dass es Liebe war, was sie verband.

»Der Kuss unter dem Mistelzweig … Es war der Plan zweier alter Ladies, doch es hat etwas in mir ausgelöst, das ich nicht mehr weiter verdrängen kann. Charlotte, du-«

»Pst«, sagte sie leise und hielt ihm einen Finger auf die Lippen. Allein diese Berührung reichte aus, dass sich alles in ihm zusammenzog. Dass er sie über die Schulter werfen und nach oben in ihre Räumlichkeiten bringen wollte, in denen er sie die ganze Nacht liebte.

»Ich hatte Angst, dass ich dich vielleicht nicht mehr wiedersehe. Dass du mich vergisst. Ich hätte es irgendwie ertragen, aber es hätte mich zerbrochen. Weil ich dich liebe, du sturer Kerl. Ich liebe dich von ganzem Herzen.«

Ehe er etwas sagen konnte, hatte sie sich auf die Zehenspitzen gestellt und die Lippen auf seine gelegt. Sie schlang die Arme um seinen Hals, zog ihn enger zu sich, vertiefte ihren Kuss.

Heath glaubte, zu sterben und gleichzeitig wiederaufzuerstehen. »Charlotte«, flüsterte er, als sie sich voneinander lösten, um Luft zu holen. »Ich kann mir ein Leben ohne dich an meiner Seite nicht mehr vorstellen. Willst du meine Frau werden?«

»Ja«, hauchte sie und küsste ihn erneut. Heath konnte sein Glück kaum fassen.

»Dann wird es dich freuen, dass Sheffield uns eine Heiratserlaubnis besorgt hat.«

Sie riss die Augen auf. »Das hat er nicht getan?«

Er zog sie enger zu sich, fuhr mit den Lippen über ihre Wange. »Doch. Er wusste schon, warum.«

Er hätte nicht gedacht, dass es auf dieser Welt noch eine Frau gab, die für ihn geschaffen war, nachdem er Annabelle verloren hatte. Aber Charlotte hatte ihm bewiesen, dass sich das Warten lohnte.

Es war der letzte Tag dieses Jahres. Das neue würde so wunderschön beginnen, wie das alte aufhörte.

Epilog

Hampshire auf Lady Janes Landsitz,
eine Woche später …

»Ich sagte dir doch, dass es uns gelingen wird, die beiden zusammenzuführen.«

Lady Jane warf eine Karte auf den Tisch und wartete auf den Zug ihrer Freundin Eleanore.

»Hm, ich hätte es mir weitaus aufreibender vorgestellt, aber du hattest schon recht, sie passen ausgezeichnet zueinander«, kommentierte Eleanore und prüfte ihre Karten, obgleich der Sieg schon auf Janes Seite lag. »Allerdings würde mich interessieren, warum du diesen Plan überhaupt verfolgt hast.«

Eleanore nahm einen Schluck Tee und sah sie unter ihren Brillengläsern an. Jane entwich ein verschmitztes Grinsen. »Als Charlotte mir von ihrem Vormund geschrieben hat, wusste ich, dass etwas nicht stimmt. Sie war nie derart emotional, wenn es um einen Mann ging. Es musste sich demnach um ein besonderes Exemplar handeln.«

Eleanore hob eine Augenbraue und stellte die Teetasse wieder zurück. »Ich verstehe. Ob sie wissen, dass wir das akribisch geplant haben?«

Jane machte eine wegwerfende Handbewegung. »Natürlich wussten Sie es, aber sie waren viel zu sehr miteinander beschäftigt, um sich gegen uns zu verbünden. Und nun steht bald eine große Hochzeit an.«

Eleanore seufzte und legte die letzte Karte ab. »Ich fürchte, du hast schon wieder gewonnen. Willst du mir dein Geheimnis verraten?«

Jane zwinkerte sie an. »Dann würde ich ja immer verlieren. Aber ich denke, du willst deinem Sohnemann ein kleines Geheimnis verraten.« Sie nahm die Karten, schob sie zusammen und ordnete sie zu einem Stapel.

»Ach, will ich das?«, schnarrte ihre Freundin und griff nach einem Butterkeks.

Jane warf ihr einen bedeutungsvollen Blick zu. »Natürlich willst du das. Oder soll dein Sohn nicht erfahren, dass du seinen besten Zuchthengst an mich verloren hast?«

Band 2 mit Alexandra und Sheffield folgt ...

Printed in Poland
by Amazon Fulfillment
Poland Sp. z o.o., Wrocław

52544791R00143